中国当代名家
系列作品选
散文卷

且叹且歌

蒋建伟 李兴海 主编

江西教育出版社
JIANGXI EDUCATION PUBLISHING HOUSE
·南昌·

图书在版编目（CIP）数据

且叹且歌 / 蒋建伟，李兴海主编．-- 南昌：江西教育出版社，2022.2

（中国当代名家系列作品选．散文卷）

ISBN 978-7-5705-2619-2

Ⅰ．①且… Ⅱ．①蒋… ②李… Ⅲ．①散文集－中国－当代 Ⅳ．① I267

中国版本图书馆 CIP 数据核字 (2021) 第 203386 号

且叹且歌

QIETAN QIEGE

蒋建伟　李兴海　主编

出 品 人　廖晓勇
选题策划　李永山
责任编辑　万慧霖
责任印制　朱贤民

江西教育出版社出版
（南昌市抚河北路 291 号　　邮编：330008）
各地新华书店经销
湖南天闻新华印务有限公司印刷
787 毫米 ×1092 毫米　　1/32　　10 印张　　字数 150 千字
2022 年 2 月第 1 版　　2022 年 2 月第 1 次印刷
ISBN 978-7-5705-2619-2
定价：49.80 元

赣教版图书如有印装质量问题，请向我社调换　电话：0791-86710427
投稿邮箱：JXJYCBS@163.com　　电话：0791-86705643
网址：http://www.jxeph.com

序

何为散文?

“在中国文学史上，散文这个概念显然并非立足于其形式和内容方面的‘散’或‘不散’，而是相对于韵文而言的散行文体。”著名学者林非认为：“这种韵散之别的表达方式，在上古时期并未被引起重视，汉晋以来对文体的辨析渐趋细致，逐步形成了对韵散各种问题的论列。刘勰《文心雕龙·总术》以为‘今之常言有文有笔，以为无韵者笔也，有韵者文也’，他在《文心雕龙》中所列举的21种文体，属于他所说的‘笔’的部分16种，大体都可归入广义散文的范畴。”如此来看，“形散而神不散”只是中国当代散文写作中的一种写法，并不能代表所有散文的写法，更不能给散文写作者套上这个“紧箍咒”，提前设置这个不必要的清规戒律。我们需要打破散文创作的陈规，力求创新。比方说，可不可以“神散而形不散”“精短美文”？可不可以“大文化散文”“民生散文”“军旅散文”“亲情散文”“纪实散文”“动植物微观随笔”“禅意小品”“哲思札记”“笔记体散文”“手机短信散文”“微信散文”“民间语文式散文”，甚至说，可不可以“散文的诗歌化语言”“诗散文的想象与叙事”？……在创新的过程中寻找一条出路，思想才会飞翔，飞得越来越远。

古今中外的文学家，都在思考一个问题：“如何写好散文？”郁达夫在《中国新文学大系·散文二集》的《导言》中，也介绍过散文分类的方法，他倾向于将散文用“实写、抒情、说理”三项来概括，认为这种分类方法“合理而简明”。其中所说的“实写”，带有当代散文写作中纪实、叙事和写人的意味，属于非虚构写作，表达形式也是林林总总，对文学技法的要求不高，很容易被大众接受和喜爱。练习者一多，经常写散文、发表散文的作者也便成了散文家，有了自己较为熟练的技巧和经验，有了自己或激情四射、或思想空灵的个性。这种个性，就是文学创作中所讲的特立独行，也只有这样，读者才能从世界上浩如烟海的散文作品当中一下子认出你的作品。

文学创作的形式、技巧，可以千变万化，但是，内核不能变。说起来，小说应该有小说的样子：虚构和想象。散文也应该有散文的样子：善良，特别是埋藏于人性深处的善良。我认为，散文家的笔下，首先讲究真实，然后，善良才是一篇散文作品的内核。

“我们需要好人的存在！”著名作家梁晓声始终在呼吁中国社会要提倡好人文化。他说：“好的文化会有许多的标准，其中最重要的一条，就是关于好人。好人最重要的一条标准就是善良，这是根。秉持着善良这一点，对许多事情的判断都不会那么复杂，变得相对简单了。”“我们希望有一天，做一个好人能成为生活幸福指数的一部分。”也就是说，不论在任何时代，都需要好人多一些。

换句话说，好人作为推动社会进步的个体，可以阻止时代向不好的方面倒退。那么，什么样的人才是好人呢？在这里，梁晓声所说的好人并不是老好人，而是自身有文化、有知识、有价值观的人。

善良，不仅是一种文化，也是一个人的情怀。所以说，我们写散文的人，包括许多还在学校写作文的小学生、中学生、大学生，要做一个善良的人，写出善良的文字。

写到这里，我不由自主地想起了90岁高龄的林非先生。林非先生一生致力于中国散文和鲁迅研究，作文严谨，著作等身，不知扶持了多少后生晚辈，做过多少件善良的事情！乃至，多得连林非先生自己都忘了。印象最深刻的是，每次我给他打电话，还没等我张口，他就抢先说："你刚刚发表的文章我看了，写得很好——"他把最后一个字的余音拖得很长，有肯定，有鼓励，有期许，让人心底好一阵温暖。近年来，他困顿于病床之上，然读书仍不知疲倦。2020年春节前，我和林非先生的爱人、作家肖凤短暂通话，谈及先生的病况，很是牵念。这之后，全球新型冠状病毒肺炎疫情来袭，反反复复侵扰，已经两年多没有他的消息了。想起他面对面对我的教导，想起他对于我的创作的关爱和批评，泪水翻涌，心音默默，唯有遥祝他老人家早日康复。我的耳边，时常响起林非先生的两句话：“一切出于真挚和至诚，才是散文创作唯一可以走的路。”“千万注意坦率地表露出自己的真情实感和内心图景，千万别将内心封闭起来假装崇高，否则，是无法让读者相信作者真正是崇高的。”

我们所擅长的东西，也正是需要我们保持万分警惕的东西。北宋初年文坛有一场轰轰烈烈的古文运动，以欧阳修等人为代表的文人群体探讨着如何继承与发展韩愈、柳宗元的散文传统，他们对于“道统”还是“文统”进行了反复激烈的大争论，这充分显示出他们在自己发起的古文运动中，具有十分自觉的建树散文文体的意识。

这也说明，散文写作不是一成不变的，是能够求新、求变的，我们通过一篇篇的摸索和实践，一次次的思考和参悟，一次次的碰壁、被打倒、站起来，然后继续碰壁、碰壁，不断地在否定自己和发现自己的困惑中有所感悟，有所成长和进步。

这套书，这么多篇的散文，希望能带给读者不一样的阅读体验。

蒋建伟

2021 年 11 月 9 日于北京

目录

狗这一辈子

刘亮程

一条狗能活到老，真是件不容易的事。太厉害不行，太懦弱不行，不解人意、善解人意了均不行。总之，稍一马虎便会被人剥了皮、炖了肉。狗本是看家守院的，更多时候却连自己都看守不住。

活到一把子年纪，狗命便相对安全了，倒不是狗活出了什么经验。尽管一条老狗的见识，肯定会让一个走遍天下的人吃惊。狗却不会像人，年轻时咬出点名气，老了便可坐享其成。狗一老，再无人谋它脱毛的皮，更无人问津它多病的肉体。这时的狗很像一位历尽沧桑的老人，世界已拿它没有办法，只好撒手，交给时间和命。

一条熬出来的狗，熬到拴它的铁链朽了，不挣而断。养它的主人也入暮年，明知这条狗再走不到哪里，就随它去吧。狗摇摇晃晃走出院门，四下里望望，是不是以前的村庄已看不清楚。狗在早年捡到过一根干骨头的沙沟梁转转，在早年恋过一条母狗的乱草滩转转，遇到早年咬过的人，远远避开，一副内疚的样子。其实人早好了伤疤忘了疼。有头脑的人大都不跟狗计较，有句俗话：狗咬了你，你还能去咬狗吗？与狗相咬，除了啃一嘴狗毛你又能占到啥便宜？被狗咬过的人，大都把仇记恨在主人身上，而主人又一股脑把责任全推到狗身上。一条狗必须随时准备承受一切。

在乡下，家家门口拴一条狗，目的很明确：把门。人的门被狗把持，仿佛狗的家。来人并非找狗，却先要与狗较量一阵，等到终于见了主人，来时的心境已落了大半，想好的话语也吓忘掉大半。狗的影子始终在眼前蹿悠，答问间时闻狗吠，令来人惊魂不定。主人则可从容不迫，坐察其来意。这叫未与人来先与狗往。

有经验的主人听到狗叫，先不忙着出来，开个门缝往外瞧瞧。若是不想见的人，比如来借钱的、讨债的、寻仇的……便装个没听见。狗自然叫得更起劲。来人朝院子里喊两声，自愧不如狗的嗓门儿大，也就不喊了。狠狠踢一脚院门，骂一声，便走了。

若是非见不可的贵人，主人一趟子跑出来，踢开狗，骂一句“瞎了狗眼了”，狗自会没趣地躲开，稍慢一步又会挨棒子。狗挨打挨骂是常有的事，一条狗若因主人错怪便赌气不咬人，睁一眼闭一眼，那它的狗命也就不长了。

一条称职的好狗，不得与其他任何一个外人混熟。在它的狗眼里，除主人之外的任何面孔都必须是陌生的、危险的。更不得与邻居家的狗相往来。需要交配时，两家狗主人自会商量好了，公母牵到一起，主人在一旁监督着，事情完了就完了。万不可藕断丝连，弄出感情，那样狗主人会妒忌。人养了狗，狗就必须把所有爱和忠诚奉献给人，而不应该给另一条狗。

狗这一辈子像梦一样飘忽，没人知道狗是带着什么使命来到人世的。

人一睡着，村庄便成了狗的世界，喧嚣一天的人再无话可说。土地和人都乏了。此时狗语大作，狗的声音在夜空中飘来荡去，将远远近近的村庄连在一起。那是人之外的另一种声音，飘远、神秘。莽原之上，明月之下，人们熟睡的躯体是听者，土墙和土墙的影子是听者，路是听者。年代久远的狗吠融入空气中，已经成为寂静的一部分。

在这众狗狺狺的夜晚，肯定有一条老狗，默不作声。它是黑夜的一部分。它在一个村庄转悠到老，是村庄的一部分。它再无人可咬，因而也是人的一部分。这是条终于可以冥然入睡的狗，在人们久不再去的僻远路途，废弃多年的荒宅旧院，这条狗来回地走动，眼中满是人们多年前的陈事旧影。

一朵小花

舒婷

土岭山区有一座寸草不长的峭壁，上面是一个没有任何标志的小坟，像一只悲哀的眼睛，凝望着群峰隔绝的天边。

不知是谁，在这里放下了一枝半凋的金凤花，有如故乡海岸上小朵褪色的红云，以憔悴的容颜伴随着寂寞长眠的心。

十年前，她和我们大批人来到这里，谁也不曾注意她的姓名、她的模样。她也许温柔，也许倔强；她可能有青春照人的红晕，也可能只有一双常含泪水的眼睛；可是当她永远离开了我们之后，却成了我们之中最美丽、最不幸的象征。

第一年秋收，她下了水田。傍晚开始打寒战，半夜发起高烧，必须立即送往县医院。于是不经动员，就集合起七八位知青，最小的只有十五岁半。一位老农执着松明引路，担架队走入深山。

到汽车站去，必须走三十里无人烟的小路，攀越上下近千级石阶。这边是黑乎乎的深涧，涧水似乎在遥远的地方淙淙作响；那边是笔直的石崖，怪石参差，好似要把人推下去。不容易呵！那位老农回来说：这些小伙子放下担架时，身上的衣服成了破布条，每个人都有菅芒、荆棘、石棱留下的血印，可担架没有丝毫倾斜过。

隔天上午九点钟，姑娘在县医院病床上翻了个身，面朝打开的窗口，停止了呼吸。她得的是一种奇异的病：钩端螺旋体传染病。

这个生平没有写过一行诗的姑娘，却留下了诗一样的遗愿：请让我的坟墓，朝着故乡的方向。

也许是这辛酸的心愿，引起我们离愁深沉的共鸣；也许是这意料不到的结果，震动了我们开始思索的心。总之，方圆几十里的知识青年，在那一两天里，平滑的前额都刻上了印记。

石壁上凿子和大锤的叮当声，随风传到每一个窗口。

那一夜，多少人无眠！

决定第三天下午四时出殡。

为了稳定情绪，公社干部通知在这天下午三时开全体知青大会。中午，下起了蒙蒙霏霏的雨丝儿。公社那台老是慢了十五分钟的老挂钟拖拖沓沓地响了三下。

只有风吹起红布长幅，会场上空无一人。

通往峭壁的公路、小道、田埂上，沉默的人群络绎不绝。雨越下越大，人越来越多，谁也不声响，只有沉重的雨粒儿打在沙土上的噗噗声和脚步移动的嚓嚓声。

这是什么？哀乐吗？

刹那间，谁也不相信自己的耳朵。但，这是真实的。在朴素的白木灵柩后面，居然有一支小小的、英勇的铜乐队。每个音乐家在自己的学生时代都是母校的乐手，可是从来没有过这样的听众，他们的演奏一定从来也没有这样出色过。

黄昏，雨停了。有一位腼腆的青年站在石壁上，用柔和的、带点口吃的声音朗诵他自己写的悼诗：一朵小花枯萎了……

我珍惜地捡起这株金凤花，这是哪一位同伴从故乡来，特地告慰姑娘的呀。呵，我没有什么可以献上，但是让我告诉你，善良的姑娘，我是最后一个离开这儿回家乡去的。今后你也许更加寂寞，然而你也应当会得到安慰的，因为，再也不会有人，重复你的命运了。

黑

蒋建伟

“鼻儿啊”，你从高树上掉了下去。

硬邦邦的，砸在地上一块硬邦邦的耪石上，圆乎乎的立马变成了扁的，死了过去，世界全都黑了。

死亡的气息潜行着。万物静寂，光线被树叶遮住，躲藏在苍绿的最暗处，发黑，汗液源源不断地从皮肤毛孔里跑出来，迅速沁成一滴又一滴的形状，被室外的高气温阴干、烤干，浓缩成汗珠子们挣扎过的各种姿态，黏密密的空气里有了斤两，秤砣似的砸下去，荡起来一丝一丝草腥气。乌云比房子还要低，压过那些枝枝叶叶，大雨轰隆隆下来了。雨水漫过来，土气向上奔跑，让人只想打喷嚏，你被冲开，水花嘻嘻哈哈着，一朵朵作弄着一朵，“呼通”，整个儿掉了下去。两耳灌风，灌雨，灌满了雷电，下坠，黑，又暗又黑，暗黑，黑啊，黑啊，泥土沙砾惊恐大叫，沉睡中的人也在大叫，没有尽头地掉了下去，没有谁不失声大叫。

那，应该是个下午，晚秋，烂青色的树叶子气味到处弥漫，假如你是一只癞蛤蟆，小小俏模样，不足一岁；假如你正要考虑哪天是蛰伏的吉日，又不好意思跟其他人开口呢，那么好了，你偏偏做了一件无聊的事情。你踩上一堆堆风和雨撕扯下的绿叶子，洑水过大坑小沟，静悄悄地爬，“哗啦”，抖落了一身水，正了正脑门，上了一棵半躺着的柳树，朝下边一看，嘿嘿，得意了清清嗓子，他们都露出个小脑袋瞅你呢。你准备做领导讲话了，可，又不知道应该讲些什么，万一，他们看出来自己是个假领导了，岂不让他们笑话死了？话又说回来，不讲白不讲，他们谁谁谁、谁谁谁都可以模仿领导，我凭什么不能？想明白了，肚子里就有了底气，一个字，就偷偷摸摸地溜出了嘴边：“呱。”如同朝了一个话筒，“喂”了一下，试试音响。讲完，你自己都吓了一跳，你从来没有在这么多人面前讲过话，今儿第一次啊。

下边，大眼瞪小眼，全都哑巴了，什么情况？

你又开口说了："嗯儿，嗯啊嗯啊？"眼睛扫射一遍，你在找娘，"娘，你在哪儿"，看看娘看没看见这个闺女？

下边，还是一片哑巴。

也难怪，娘的闺女又不止你一个，长得都差不多，哪能都记得住？可是，你的声音遗传了她，这个，总不会假冒吧？还是，再叫叫试试。从容了，你就不慌张怀疑了，两片嘴唇上下翻飞道，"嗯儿，嗯啊嗯啊？嗯啊嗯啊，嗯啊嗯啊……"意思是"娘啊，听到没有？你看这里，美气死了"。又长长喊了一声，"嗯儿。"连傻子都知道，你不是喊她，又是喊谁哩？

看起来，娘不在这边唱歌。可是，你才身子一扭过去，下边，"嗯啊"声大作。不用猜也知道，那是"啊"字，感叹美丽的秋天，感叹太短暂，感叹雨，一场场就把天气下凉了，下冷了，"啊——冬天就要降临了"，他们啊，两眼微微朝上，无神，空空荡荡，朝着你和天空的方向，七嘴八舌唱着这类的歌，像一首反复循环的赞美诗。你小时候见过她的，时时刻刻感受着这份母爱，但不知道爹是谁，后来记事了，两下分离，从此你是你、我是我了，你活在世界上，主要任务是寻找爱情、寻找爱人，可是，这条路多么漫长，啊，不见头不见尾的忧伤啊。

你顶着那么多的大雨滴，白肚皮贴着柳树皮，使劲朝前爬。

树皮好像老虎皮似的，鼓出来的部分，棕色浅淡，泛着土灰色，像是路，大路小路，一道道纵横着朝树冠方向爬，直到树冠发杈了，还继续爬，越爬越小、越细，像麻绳像棉线，爬过枝枝丫丫，爬过新发的枝条，就不爬了，那些小路消失了，只剩下一层薄薄的皮。大雨滴落下来，落在路和路之间的沟壑里，那里面长满了绿苔藓，一个小山丘连着一个小山丘，新生的小山丘又迅速摞上去，拉扯着后来的一群群小伙伴，在一部分沟壑上面跳起了芭蕾舞，像是一块块海绵，迅速把雨水吸走。来不及吸走的，一滴两滴的紧紧抱在叶蔓上，怯怯的眼睛眨呀眨，娇滴滴的，毛茸茸的，滑溜溜的，湿漉漉的，生怕你把它踢跑。越往下边看，小山丘渐渐消失了，变成了一道一道河沟，黑漆漆的，顺树干不知流淌着什么，湿了树下一地。原来啊，树皮喝得饱饱的，撑得都快直不起腰了，大雨还在下，它还得继续喝，怎么办？没办法，雨水只好从那些沟壑里溢出来，顺了树身往下边淌，水多了，有点发甜，发嗲，谈恋爱的，撒娇的，跳舞的，卖萌的，唱歌的，喝小酒的，撸羊肉串的，猜枚划拳的，高声大嗓唱大鼓书的，帅的美的，歪歪扭扭着聚会，狂欢，变成了水洼、水沟、水坑，乃至于小池塘小河了。几只叫不上名字的小飞虫，“嗯嘤，嗯嘤”飞过来，落在某一处小山丘上，水蚊般大小，但比水蚊机灵，精瘦，那小胳膊小腿，比头发丝儿还要细。它们把谁都不看在眼里，抬抬脚，“嗤”，就是一泡尿。用不了三五天，这儿那儿，准能长出黄蘑菇，或者灰木耳，或者狗尿苔，一想起狗尿苔不太正经的骚味儿，你的脸“腾”一下红了。你迷住了，谈了一段恋爱，真美气，不知道该用什么语言去比喻，自然而然地，爪子就不知道怎么抓了，举起又放下，放下又举起，加上也滑，四个方向有点抓不稳，雨水似乎要把它们冲开，一寸一寸，又不知道下一寸的落脚处，你似乎就要掉下去。可是，你没有掉下去，倒是爪子上，甩出来一串白亮亮的棉线儿。

爬着爬着，半躺着的树身子高扬上去，太陡了，没办法再爬了，你眼珠子左右上下转了转，路有了。是一棵半睡着的树，老柳树吧，高出水面不少，距离现在爬的这棵一尺远。你试探着，举了十几下左右手，估计出自己有几成胜算，万一失足落水了，值不值得，万一跳上去了，自己还能不能爬，爬过几棵树才算更高，有把握吗？这万一，真就失败了，仅仅爬过这一棵，也算是冒险精神吧？也算是自己光宗耀祖了吧？哈哈，自己真有那么伟大吗？你一高兴，"嗯儿"，唱了一句河南豫剧《朝阳沟》："咦——"你故意省略掉了前边的几个字，跳过去，直接唱后边的"咦——咦——咦——咦"，唱着得发（舒服），"得"在河南土话里读"děi"，表达你此刻的心情。你连唱了四遍，停下，两眼才开始向左转，抬起右前脚上前一步，移动左前脚调整，撑起身子，后面的脚快进两步，深吸两三口气，运气，存气，提气，运气，两眼寒光一闪，眼睛一闭，"啪"，管它生死富贵，谁不想一飞冲天啊，就这么，"呼通"一下，胖乎乎地跳了出去。

这一下，不知道，你跳过去了没有？

全世界没了声音，没了时间的概念，像哑剧，像那种山洪暴发后，巨大的恐惧湮灭掉这一切，像手足无措的后怕。

“鼻儿啊”，你艰难地张开两边嘴唇儿，发出了一种拟声字。这三个字，其实是一个字，读“biá”，河南周口、项城、商水、淮阳、沈丘、上蔡、平舆土话，唇齿音，恶狠狠地，二声，阳平。这种声音，是扁的，一般从扁的或者摔成扁的物体里发出来，比如蛤蟆嘴，这么说吧，将长长的上嘴唇、下嘴唇平行绷紧，猛地，发射出一枚愤怒的炮弹，一下，就把对手整个儿打蒙。

疼痛，从骨头缝里纷纷钻出来，朝着四面八方奔跑，脑子蒙圈了，撕裂，断裂，碎成一截子一截子的，东一头西一头，绿头苍蝇似的到处乱撞，突然被一只大手拍下来，大头鞋使劲踩住，就地旋转两个90°，踩成一捧捧玻璃碴碴和沙子，扬起来撒开，重新坠落，重新爬起来，跌跌撞撞着夺命般地奔跑。活是活过来了，但是，以后，自己该怎么活下去啊？为什么听不见声音？为什么这么疼痛，浑身散了架一般？眼睛睁不开。我，完了吗？然后，是一种“吱”的耳鸣声响起，尖尖细细，若隐若现，像一根老奶奶纺车前的棉线儿，“嗯呀，嗯呀”从棉花筒子里抽出来，先粗，后细，头发丝儿那么细，一圈圈均匀地缠绕住线穗子，慢慢，慢慢变成了一个香喷喷的线穗子梨儿。梨儿越来越大，慢慢熟了，天天悬挂在枝头，诱惑着树底下舌尖上的一条条馋虫，总要被谁夜里惦记着哩，总要被谁摘下哩，然后蛤蟆嘴一张，一口口吃掉，连囫囵带骗，连一丁点渣渣都不留。就像这线穗子梨儿被人吃掉一样，耳鸣声果然消失得无影无踪，怎么找也找不到，它，又躲到哪里去了呢？空白的一张纸，往往是留给世上最出色的画家，是靠你等来的，就像爱情。

“吱……”耳鸣声隐隐约约出现，电压忽高忽低，电流通过的脚步声嘈杂，辨不清人数、方向和距离，支棱起耳朵，越往下边听，哦，它们其实只有一个人，它的信号，发自脑际和天顶的左前方，指南针的方向。从天而降的耳鸣声越来越清晰，从容和连贯，响声越来越大，没有丝毫休止和停顿，带给了你一定要活下去的勇气，你谢天谢地，你仰天大哭，你又看见了那根细细的棉线儿，正在老奶奶的手里越纺越粗，一丝丝一股股，拧成了麻绳、井绳、架车襻子绳般粗细，直上直下，上上下下，白光往来穿梭，像是哪个发癔症的小孩子挥舞着蜡笔，发誓非要在纸上画出来一面白墙，划掉自己的烦恼和忧愁。是这样的，你的脑海里也画出了一面白亮亮的墙，那是希望的白日光，那是你逃出死亡密室的一把梯子，你只有向上逃跑，一直跑下去，永远也不要回头看，你才能活命。黑暗好像一口深渊，空气稀薄，不见底，不能呼吸，压抑得让人窒息。扛过去，挣过去，这种窒息感才会稍稍减轻一些。犹豫中，两个你在脑海里打架，一个自暴自弃去死，一个九死一生着求生，一时间，真假两个孙悟空厮杀在云雾里，难分胜负。为什么不试试？就是啊，你一遍遍考问自己，我为什么不试试啊？不试试，怎么知道我到底还有没有活着的可能？怎么就知道啊？

终于，你在支离破碎的疼痛里打开了一只眼睛，右边，然后是左边的，果然向上看，眼前是整整一面白亮亮的墙，是天光！

确切说，那是亮晃晃汹涌着的雨水光，神情十分镇定的水面——你把脑袋缓慢着探出了水面，你看见了花花绿绿的世界，泥沙挟裹着被摧残掉了的枝叶和动物的排泄物及毛发，厚厚的漂浮过来，一圈一圈荡漾开来，热情着把你拥抱，簇拥你走向那棵你刚才讲话时的杨树底下，你呢，艰难地活动了活动身子和四肢，啊，奇迹，你竟然，竟然还活着，多么万幸。大难之后必有后福，究竟是什么福会砸到自己身上，你猜不清楚，也不想知道老天爷具体会赐予自己什么，唉，人不能太贪心，能活着，就是你最大的福。如此如此，你瞅着那棵高可接天的杨树发怵，一阵阵地害怕，冷不丁，恐惧像一波一波的水冲过来，险些将你打翻淹死。你偷偷看了看周遭，“噗”，眼睛就被不知什么东西烫了一下，回看，确认是一个白肚皮朝上的帅哥，他刚才也得意忘形过，想模仿曾经的你讲话，那番话你仿佛听见，也仿佛没有听见，这不是关键。关键是，你的讲话还没有结束，兴奋的小火焰烧得“呼呼啦啦，噼噼啪啪”乱响时，你自己，就一头坠地了，大幕就戛然拉上了。不，不不不，我得躲开杨树，这辈子再也不想看见它，它是我的灾星，我要逆流，我要后退，你们不要笑话我，人人其实都一样，都怕死，大哥别说二哥，好死不如赖活着，对，活下去。

转身，上浮，左右挥动，拨开浑浊的黑色纠缠物，只见一副沉重的身体好像千疮百孔的坦克车似的，“吱吱嘎嘎”地转动着履带上路了。不幸，你的一条大腿碰到了树枝的折断处，尖尖的茬子刺进了肉里，一股血水挤出来，迅速溶化在水里，“唏——”你疼啊，好一阵龇牙咧嘴，强忍着不发出声音，身子竟然拖拉着那么大一簇树枝，拼了命地逆流而上，一股血水挤出来，又一丝，一丝，变了颜色的雨水一点点晕染、云雾一般飘散，坠于水底。血，是有重量的，疼痛也是有重量的，重量可以衡量宇宙中一切高贵的伟大的特质，思想也是。并不是什么东西都有重量，大部分都没有，贼缺。你奋力一搏的时时刻刻，都在用“我是一只有思想的癞蛤蟆”给自己加油，提醒自己别泄气，一鼓作气游到某个高地去，慢慢，让自己皮肤上的黏液自疗，保护自己，直到某一天愈合。娘说，我们是自己的医生，自己给自己治病，不论什么头疼发热、疑难杂症，都可以靠这黏液治好。黏液就是药，我一年没有生过病，这就说明了一切，哼哼，世界又能拿我怎么样？你说这番话的时候，底气十足的，世界是世界，你是你，井水不犯河水，你是知道这一摔是没有什么大碍的。想着想着，你猛地一个蹬腿，竟然把那簇树枝蹬掉了，顿时轻便了很多，扁扁的身子渐渐恢复椭圆状，又是一个蹬腿，“哗”，在水里蹿出去两米多远。

好长一段时间里，你进入一种无我、无意识、无疼痛的状态，身子和四肢做着简单的机械动作，像傻子，像疯子，像神仙，像魔鬼，像人类，整天活在自己的世界里，说着自己才能听懂的每一个字。忘记了，忘记了疼痛，你就是一个理想主义者，沉浸在美气里不愿醒来，多好。可是，那些不是你的现实世界，你得一点点回到纷纷苏醒的疼痛当中来，回到破碎过的残酷细节，一点点拼装成一个10小时以前的你：

……第三棵和第四五六七八九棵，都是弯腰驼背的疙瘩榆树，杨树。杨树笔直，柳树榆树却弯曲曲，它们平平仄仄交错一处，树身子和树身子嘻嘻哈哈打斗着，树杈子也四下不闲着，你挠我一下、我抓你一下似的，你来我往，谁也不想吃亏。你是个聪明人，放眼望去，从这么多的树身子、树杈子当中盘算好了一条路，一棵连着一棵，逐步向上走的树路，时隐时现。你的目的很明确：站在树的最高处，能一眼找到娘。另外，站在那里，周吴郑王地讲几句话，哪怕五分钟！然后啊，一路蹦跳攀爬过去，眼界越来越高，视野也跟着变大，向下看，就是有一种“老子天下第一”的感觉。你于是联想，如果继续往上爬，越高的地方，岂不是更美气？

……恍恍惚惚，越走越高，贪心越大，无法遏制的虚荣心好像大海一样波涛汹涌，掀起了一排排三五米高的海浪，把你推向最高的那朵浪花上。一仰头，你的眼前是一棵一个半人（一个小孩算半个人）才能合围的柳树，身子好像老媒婆似的，脚在岸上，头和上半身却斜斜倾着，扭了三下，她如此这般天花乱坠，不知道又向谁谁谁卖力夸耀哪个大姑娘？往前看看，老媒婆前边，是一片浅浅的下坡地，盛满了水。紧挨着的，是一片打麦场，石磙耪石石磨闲置一边，寸把长的麦苗绿莹莹地钻出地面，也在浅水区跳起了芭蕾舞，好像是柴科夫斯基的《天鹅湖》《睡美人》，也好像威廉·莎士比亚的《罗密欧与朱丽叶》，记不完整，只记得爱情。再无一棵树，没有路了，就是说，树路走到顶点了。你蹦了上去，树身子有些坑坑洼洼，有几个碗口大的洞，洞口的边沿薄薄，一踩就陷进去的那种，黑黝黝的，有一个洞还长出来一棵楝树，应该是小鸟们的杰作吧。你退了几步，爬了几步，特别是遇到洞口紧靠下一个洞口，你哆哆嗦嗦起来，你开始变得特别胆小，特别怕死，你爬得很慢很慢，生怕一个不小心，高处还没到呢，自己就变成了一片落叶，多可惜的结局啊。

……你把肚皮贴着树皮，两手紧紧扣住一道道缝隙，用力，跃起，头部超过杠线，心里默默数着，一次两次三次无数次，好像一位运动员在进行单双杠比赛……爬过第一个树杈处，两个杈。有了这份拼搏精神，毫无疑问地，你爬到了第二个树杈处，是五个杈，好像一双手，稳稳当当托住了惊惶万状的你。你从来没有爬过这么高的树，你向下边看去，树们变得又矮又小，房屋建筑好像一堆堆儿童积木，那些男女老少呢，像蚂蚁一样爬动，根本看不清头脸，如果，自己万一不小心掉了下去，会不会也是一只小蚂蚁？

……你不敢往下想，你有了恐高症。可是，既然爬到了树的最高处，赶鸭子上架走到了这一地步，又能怎么样呢？干脆，豁出去吧！果然，豁出去的你开始做领导讲话，开始唱歌，开始唱河南豫剧，开始跳芭蕾舞，你想，娘一定会顺着声音、舞姿找到自己的。得意忘形。放浪形骸。大声，再大声……唱啊唱啊。你全然没有注意到，东南方刮过来一股黑风，自己早已经变成了一个魔、一个鬼，坐在上边，“呼呜——呼呜——”“啪啪啪啪”，朝着你的头顶呼啸而来，没有任何征兆……

你发现，正前方，有一处突然倒塌的砖头墙，又像是鸡圈，高出水平线的地方，裸露出几块红砖头青砖头，你“嘿嘿”笑开了。笑着笑着，你面部的笑慢慢冷却了，凝固住了，距离你一两米的地方，旋转着一个大大的水漩涡，估计底下有一口井，正在张开一张黑黑的大嘴，把周围的雨水和杂质纠缠物吸进去，一点渣渣都不留地吸进去。

你快速躲闪，连连后退，慌不择路，不料，还没有逃出几步呢，迎面，一堆漂浮的树枝败叶横冲过来，你“哎呀，哎呀”着，被它推搡着，进了一口伸手不见五指的井。

二十几天过去了，雨水来去匆匆，地皮干涩涩，不见一点潮气。

大风把天气刮凉了，一阵一阵的，一股一股的，树叶掉了，刮得干干净净的，像狗舔过似的。树叶躲进了田边的沟里、坑里、河里、井里，躲进墙缝里、犄角旮旯里、树根和树根嘻嘻哈哈取暖的地方，就再也跑不动了，被一把把浮土覆盖住，固定住，发酵，变成了一袋袋朴素的农家肥。

那井，早变成了枯井，井底落了半米深的枝枝叶叶纠缠物，末了，连一点雨水也没有兜住。往底下使劲看，什么也看不见，只有一摊黑乎乎的稀泥巴，“咕嘟，咕嘟”泛着泡泡，说着神秘的欲言又止的语言。

这时的你，睡在稀泥巴下一尺的黄土层，找寻属于自己的那种暖，寒冷的冬天就要来了，你和其他的小动物小虫子们，早早就建造了一个个属于自己的地下的家。

蚰蜒的家是曲里拐弯的，爬叉虫的家是直上直下的，蜘蛛的家是顺着土块跑的，老鼠的家是藏着三四个粮食仓库的，蚂蚁的家像一棵倒着的大柳树，乌龟的家最温暖，一住就是上百年，每年冬眠五个月，不吃，也不喝——冬眠的它们，像一个个可爱的乖宝宝，从翻来覆去，到鼾声雷动，每一种细致入微的小动作，你都可能想象得到。

你住在这么多大伙伴小家伙们的下边，你的家比它们还要深，你喜欢独居，喜欢一个人睡，一个梦下来不被任何人打扰，所以说，你好像浑身起了痒痒，不断地向下打洞，搬家，换床，有洁癖。

暗黑中的，整个世界越来越敞亮，你什么都可以看见，什么灵魂都可以遇见，什么秘密都可以打开。很多精灵睡着睡着，就永远睡过去了，去了另外一个世界。也有被叫醒的，匆忙上路，不知所踪。

你说，无耻的魔鬼已经住进了你的心里。睡吧，睡吧睡吧，啊睡吧睡吧，神灵会向你伸出一双手的。

就像清晨穿过环西路

何贵同

我还是离开了我们村，进城来谋生。父亲对我的选择忧心忡忡。刚进城来那会儿，父亲都要准时叫醒我，说该去上班了。早点有时是煮得软糯的红豆和苞谷，有时是稀饭，有时是面条。那时我整宿失眠，我在村里生活了整整三十年，四十岁重新选择就业，除了迫不得已，就是失落。我们村很多人都失业了，其中也包括我。其实我们村并不需要一个从虚空里捕捉词语的人，闪烁着金属光泽的煤炭从村里一车车运出去的时候，我们都知道那是钱，那是可以实实在在的，换成人民币的硬通货。把铅字变成人民币，我们村真没有这个传统。

我们已经习惯了黑暗，习惯了狭窄的巷道，习惯了让人提心吊胆的高压电、水、瓦斯和粉尘。我也习惯了两点一线的生活，早上从镇上出发，晚上从村里回到小镇。但是，最后在村里的两三年，我的心里已经生长出了一片令人窒息的荒芜。

刚进城来那段时间，父亲晚上都等着我吃饭。有时朋友约了小聚，我看着父亲的电话号码心里就发怵，听筒那头，苍老的、担忧的、混合着怒其不争的气息，会一把将我攫住。没应酬的时候，我一下班就钻进卧室，我实在是太困了，睡一个回笼觉。床头是一摞图书馆借来的书，每天看一本的速度，我觉得我在村里浪费了太多光阴，那些支离破碎的想法和感悟，我得立即让它们凝固在一起。我试图构建一个只属于我的思想或艺术体系。

父亲还是担心我不靠谱的新职业。他有时到卧室门口，见灯开着、门开着，他说："少看书，去广场走一走，要注意身体。"我支吾着，合上书，眯一会儿，又继续回到那些晦涩几近虚无的世界。父亲是勤快了一辈子的人，年轻时候在井下摸爬滚打，临近退休那几年，他的主要工作是铲起公路边从货车上洒落的煤，将它们送到锅炉里去。他靠黑色的、沉重的煤炭，养活了三个儿女，并给他们在煤矿或煤炭系统找到了工作，他并不觉得这有什么不好。

能有什么不好呢？十八年前，我同样躺在矿区那张小床上，用三天三夜的时间看完了路遥的《平凡的世界》。那时我学的是林业，所有的林业局、林业站，都对一个向往新生活的年轻人关上了门。我已经毕业半年了，像一个找不到婆家的大龄女青年，心里都是迷茫和空荡。矿区有个小学校，大家都对我说，要不，就暂时在学校里教教书吧。我最后悔的是在最不应该的年纪读了《平凡的世界》，能有什么不好呢？有份工作可做，有碗饭吃，比孙少平强多了。

至此，我就没再踏出被我称为我们村的那个矿区。

城市已经发生了巨变，二十年前的庄稼地已经生长出了一片崭新的楼房。从我们村隐藏在美奂山背后的生活区出发，经环城北路到环西路交叉口，岁月已经把小城变成了另一座更大的小城，高大魁梧的东山还屹立在城边。六年前父亲送我出过一次门，其实他只送到小区门口，一抬头就看见这座山。父亲对我的选择同样愤懑，丢下工作，义无反顾选择去学什么写作。我实在开不了口对父亲炫耀说，到北京鲁迅文学院进修，这是大多数作家的殊荣。

在小区门口，父亲从兜里摸出一沓钱，递给我，他说："既然要去，就好好学，天气冷要注意身体！"我鼻子酸酸，打了个车。车开出去很远，还看见父亲在小区门口徘徊。如果时光可以回转，我应该收下父亲递给我的钱。

在父亲面前，我永远只是让他想象破灭了的，没有结成一只大瓜的小儿子。

二十多年前高中毕业，我在东山寺里抽了一支下下签。当时我不信命，年龄稍长，慢慢开始相信了。比如人和人的起点，都饱含着命，有的人终其一生，都没有抵达别人的起点。这就是命。远处是没有变的东山，近处是又陌生又熟悉的小城。虽然我的户口也在这座小城，可我裤腿上还没褪干净的泥巴，让我觉得自己那一身泥土和瓦斯气息，都泄露了自己的真实身份。镜子里那张又圆又肥大的脸，不再清澈的眼睛，让我觉得陌生。连同这条刚刚修建完工的环西路，也是陌生的。纠结了我二十年的一个身份问题，还不时地冒出来。就像我教书的时候，我不知道自己是教师还是工人，当我在煤矿当上安全科科长的时候，我不知道我是作家还是科长。现在，我是什么呢？有的路，长得足以穿过城市；有的岁月，未必就能穿过你的人生。

现在，我又出门了，路走得越远，越理解父亲。并觉得当年他那样选择并没有什么错，其实他更多的是没法选择，他顺从命运的召唤，尽了最大的努力穿过了他的人生。

在一个秋天的早晨，我独自穿过环西路。山间飘着琐碎的浮云，高大耸立的烟囱立在月牙湖畔，过往真如云烟。有的景物变了，有的景物还没变。一个煤矿工人的儿子，承认了他的渺小和无知，他想放下自以为是的虚幻，重新穿过他的生活，就像他每天清晨穿过环西路一样。

走出大山的路

朱金贤

一

以礼河流过，把偌大的梁子劈成两半。起伏的山伴着流水，奔向未知的远方。从低处往高处看，一座山叠着另一座山，在云雾中耸立。苍凉的群山挂着几个萧索的荒村，一些稀稀疏疏的石板房躺在山坳里。

深陷的河谷里，湿热的风刮过简陋的街道。一些两三层的土红色砖房零散地竖在街道两侧，几幢楼房夹在砖房中间，突兀而耀眼。这是会泽县老厂乡，群山夹缝中一块巴掌大的平地。它在山里人的朝拜中，迎来每一个欢腾的晨曦，又送走每一个清冷的傍晚。

站在街道上俯瞰，几百米下，奔腾而过的以礼河清晰可见。惊涛拍打河岸，把河床上的石头冲刷得圆润光滑。

两岸峭壁林立、怪石嶙峋，像遭受过斧劈刀削。突兀的山峰和惊险的峡谷，在流水的奔涌中悄然后退，让流逝的光阴一一复活。

从以礼河河谷往上，到二半山区、半山区、直到山顶，几片稍平坦的偏坡上，一些泥土房高低错落、杂乱无章依稀呈现。我的村庄——羊棚子，雀笼一样挂在山梁上。很多年，我对这个名字充满疑惑，我们村庄养猪、养牛、养毛驴，可是羊在哪里呢？

“洋芋”，这大概是我能想到的最贴近村庄的词语。“洋”和“羊”，像是深深嵌进我们村庄记忆里的烙印。

村里缺水，洋芋，是唯一可以指望的庄稼。洋芋收获后，留一部分吃、喂猪、做种，大部分要卖，以换取零用钱、吃酒做客钱和我读书的花费。街天，父亲早早起床，装上三大口袋洋芋，准备上街去卖。有时逢星期天，我要到乡上读书，便跟父亲一起走。

出村的唯一道路，像一条悬挂在崇山峻岭间的长蛇。那是一条怎样的路啊？宽不过二尺，路旁杂草丛生。路的一侧贴着山，另一侧临近悬崖，往下一看便头晕目眩。

父亲背着一袋一百多斤的洋芋走在前面。他牵着的小毛驴驮着两袋洋芋，晃晃悠悠地跟在后面。我轻装上路，却总是被落下很远。一路多碎石，不小心踩滑就可能滚下山，我不得不半蹲着行走。父亲回头看我，他满脸汗水折射出慈祥的光，便有意放慢了脚步。

父亲说，他十几岁就跟着祖父奔波在这条路上。那时家里穷，兄弟姊妹多，为了活下去，只能扛椽子去县城卖。他们凌晨四五点出发，回到家已是深夜十点多，一个来回要走八十多公里。

漫漫长路，一直在下坡，却总也到不了谷底。阳光焦灼，透过单薄的汗衫，把全身晒得火辣辣地疼。我和父亲，像茫茫群山中两片飘零的树叶，在饥渴苦旅中寻找宿命的根。父亲抬起手，擦了擦额头上的汗水说："快到了，已经看到天生桥了。"我低头，见不远处有一座铁索桥，四条锈迹斑斑的铁索挂在四根石柱上，中间拉着一块摇摇晃晃的钢板。

过了天生桥，道路转为上坡。父亲气喘吁吁地说："要是村里通了公路，卖个洋芋就不会这么艰难了。"好在离街上不远，已经能听到牲畜的嘶鸣和小贩的叫卖声，我们的脚步，在疲累中重新焕发出力量。

公路，公路，悬在大山人心底的命脉，渐渐长成一个虚无的梦，荒废了他们的少年、青年和中年。他们的世界只剩下大山、土地、庄稼和颠沛迂回的山路。

和我父亲一样，祖辈们牵着毛驴在群山中往返。走到佝偻衰老，不知山中岁月。很多人，一辈子从生走到死，走不出一条属于自己的路。

二

20世纪90年代末，大山里突然来了一些人。很奇怪，他们总往没有路的地方去，荒坡上、石头间、草丛里、荆棘中，忍受刺戳、虫咬，有时还会遇到蛇。他们时而跪着、时而趴着、时而侧睡，丈量、放线、打桩。他们逢人就说，要修公路了。

怎么修？没有挖土机、装载机、压路机，仅有炸药能帮上一点忙。那完全是人力与险山恶水的抗争。父辈们靠着锄头、大锤、撬棍、凿子，上演了一出愚公移山的传奇。

我至今无法想象，一群人用血肉之手在崇山峻岭间硬生生刨出一条路，除了内心的渴盼和坚韧，必定还需要一些奇迹。

公路开工建设后，大山里回荡着锤凿的声音。炮声偶尔响起，大多是在中午或傍晚。一些人正急匆匆地赶路呢！突然听到群山中传出声音："要放炮了，快躲起来。"赶路的人抬起头，哪里看得见说话的人，只有声音还在一遍又一遍重复。他们迅速找个山洞藏起来。这时，群山震动，烟尘、石块齐飞，将天空染成一团灰色。

父辈在幸福的憧憬中，晨兴出门，带月回家，渴望尽快修通走出大山的路，却没意料到灾难的袭来。路未修到一半，便出了意外。我的两个堂叔被垮塌的土堆推下几百米高的悬崖。

哭声、哀叹声弥漫交织在村庄，天像塌了下来。

老人们絮絮叨叨地抱怨，他们说，如果不修路，便不会发生这样悲惨的事，祖祖辈辈几百年生活在山村，不通公路也一样活下来了。他们已经六七十岁，村里的世界已够大，有没有公路通到外面又有什么要紧呢？

对于父辈们而言，他们有梦想、有力量，他们渴望与外面的世界接轨。当悲痛的愁云散去，新生的憧憬战胜了死亡的恐惧，他们又重新拿起锄头，在苍莽的群山中挖凿。

“没有比人更高的山，没有比脚更长的路。”中学的课堂上，每当语文老师讲到这句话，我都忍不住热血沸腾。多年后，我才渐渐明白，要跨越大山，跨越一个时代的藩篱，个人的双脚太过单薄无力，还需要几十年甚至几代人汗水和智慧的积淀。

幸运的是，我终究还是告别了大山。这一次，我是坐在摩托车上离开的。

公路修通七年后，我第一次坐在车上仔细看它的样子，内心无比胆怯和慌张。车轮与地面摩擦，卷起的泥灰变成一团快速移动的蘑菇云。我在沙尘的中心，视野里一片浑浊，看不清几百米外的父亲的样子。

我要去省城读大学。父亲送我到村委会，他坚定地告诉我：“一定要读出个样子来，山里人太苦了。”

我是村里的第一个大学生，此刻离开故乡时，我突然想起村里那些年幼的孩子。他们矮小、谦卑、笨拙，如大地上踽踽爬行的蚂蚁。他们趴在泥土里，满身灰尘，脸蛋黝黑，但眼神清澈，能淌出水来。

我想起年少那些日子，父亲在土地里挥着锄头，我站在山梁上。世界一片寂静，辽远的盘山路上，只有风声穿越空旷。

路边几百米高的悬崖下，稀稀疏疏地散落一些人家。群山一会儿退到身后，一会儿又奔到眼前。我感觉自己像个木偶，似乎走了很久，却像在原地绕圈。当我抬起头，突然发现村庄已升到高高的山顶。

我的过去和未来，正在以这种挣扎撕裂的方式诀别。可以预见的是，还会有更多的人像我一样，走出大山，他们是土里的蘑菇，有雨的滋润，必然能绽放出一片天地。

三

我又想起我的父辈们，在艰难的岁月里，他们是如何为一个家庭谋得活命的出路？

时隔多年，我依然清晰记得父亲卖洋芋的场景。到了街上，父亲找一块空地把洋芋卸下来，坐在旁边等待买家。时候已近中午，街上行人熙熙攘攘，空气燥热得像着了火。等了很久，终于有买家过来了，他们东瞅瞅西看看，货比三家后，看中了我家的洋芋。

“多少一斤？”

“一角五。”父亲说。

“太贵了吧，最多一角二。”

“哎！这是又大又香的开花洋芋，值这个价。”父亲很坚定。他心里盘算着，再多等一下，一定有人出得起价钱。

大多时候，父亲的想法并不总能如愿。偶尔有运气好的时候，遇到一个大主顾，把洋芋全部买走，价格还不赖。三袋洋芋，近三百斤，能卖三十到四十块钱。饥肠辘辘的父亲舍不得吃喝，他塞给我十块钱做生活费，用剩余的钱买点生活用品，又赶着毛驴回家了。

后来，公路修到了村委会，离家不到两公里。看起来，父辈们的苦日子就要熬到头了。而前路仍然是曲折的，幸福从来不可能一蹴而就。

有一年秋天，正是洋芋丰收的时节，可突如其来的大雨浇灭了父辈们的祈盼。十多天后，天渐渐放晴，但公路垮塌严重。有人到乡上联系拉洋芋的车，也只能开到半路。

灰蒙蒙的群山里，出现了这样的场景：几十人像列队整齐的士兵，踩着泥水往山下走。到达公路上，他们把背上的洋芋放下，一袋袋码起来，码成一座小山。一条公路徐徐铺开，几十座小山高低起伏、形状不一。

拉洋芋的车没有开进来，暴雨再一次阻断了通往外面的路。每家人都有十几吨洋芋，摆在前不着村后不着店的地方。

父辈们从家里拿来油布搭起帐篷，遮住洋芋。二十多天里，悲戚笼罩着群山，偶尔雨停歇时，太阳像迟暮的老人，出来晒一下又迅速躲进阴暗里。一群人在焦灼的等待中彼此安慰。饿了，他们就在附近找点柴草烧个洋芋充饥；累了，他们就裹着一床薄絮依偎在洋芋堆里取暖。

尽管生活仍然艰辛，但有路就有新的气象。村子里车渐渐多起来，有来收购农货的，也有拉东西进来卖的，这是父辈们曾经不敢想象的事情。

时光一晃到了2007年秋天。有人提议，把公路修到家门口吧，大家几乎没有思考就一致同意。可是没钱怎么修路呢？

那时，村民一年的收获仅能勉强填饱肚子，让他们凑钱，无疑是割心头的肉，可大家还是含着泪同意凑钱修路。

到户的公路，就开始修了。从村委会出来的几百米，修得还算顺利。占用了邻村的几分土地，按照市场价补偿。父辈们起早摸黑，挖土、填路、压实，修自己的路，他们身上总有使不完的力气。

公路修到我们村的地界时，矛盾出现了。沿途还要占用大量的土地，都是每个家庭的命根啊！有人说，修自己的路，要吃得亏。一些人反对，没占到你家的地，当然站着说话不腰疼。更多的人说，应该补偿，可就凑得这点钱，也快花完了，拿什么补？有地的那几户，态度很坚决，按照市场价补偿，否则别想修路。

路，就这样又断了。一时间，父辈们都泄了气，像红土地上干巴巴的苞谷草。他们哀叹、惋惜、不甘心啊！空气里透出冷飕飕的味道，每个人的脸像风中飘落的树叶。

半年后，一些人坐不住了。到户的路，无论怎样还得修，这是他们的宿命，也是他们的美德。大家又坐下来商量土地补偿的事，这一次，他们没有争吵，只是强忍着疼痛彼此让步。

2018 年，乡村路修通的多年后，我第一次开车回家。父亲到村委会迎我，他苍老的脸上挂着淡淡的微笑。我想起那些在风中盛开的洋芋花，漫无边际，淹没了群山，也覆盖了几十年的流光。我的眼泪不由自主地流出来。

几十年如一梦。那条通往乡上的毛路早已废弃。乡村从泥土路到砂石路，又变成小块路，经历多次修缮加固，早已告别了晴通雨阻。我的父辈们，大多已经两鬓斑白，他们负重的脊梁，成为一脉群山的绝唱，成为一个时代的背影。他们用血肉之手凿出走出大山的路，历经岁月洗礼和沉淀，不断延伸，不断宽阔。

泥土的光

朱镛

仿佛一出恶作剧，劳力虚空，庄稼偏偏熟得如此诱人。许多年都盼着的好收成，许多年都在土地上挥汗如雨，还有许多年想着要是土地宽一点，再宽一点，苞谷洋芋就可以多种下一排。许多年，从没有感觉到最令人动情的秋收季节，庄稼地却像一张死床，枯黄的草叶，像庄稼寿终正寝的寿衣。

对不起，故乡，恕我不敬。在这个所有植物都把丰足的头垂向大地的季节，大地上到处是果实，它所奉献的崇高，令任何人都感动！可我实在无法赞美！秋收的喜悦？满仓的粮食？敬祝和感激。我相信，这一切是存在的，所有的劳动力都值得欣慰，甚至兴奋。在辽阔的庄稼地上，果实闪闪发亮。

我以为土地养育所求有度的庄稼人，每个人在丰收的时候除了喜悦那还会有什么？我从来就没想过这个问题，但是，它真的还有，还有绝望。这真让人不可理解。而我在这里，只想忠实地记录一个年迈的生命。她虽然只是个体的生命，但她与中国的乡土水乳难分。我记下她，或许正是我不能忘记村庄的生活方式，也或许，只是心甘情愿地承认了生命的衰老。更何况，谁又能肯定，我记下的衰老，不是每个人的未来？八十多年了，她在这块土地上早出晚归，也曾在无知无觉的年龄，她感到自己的生命和劳力，怎么也用不完。

这位八十多岁的老人，她就坐在我家门口，不住地叹息："那时力气是个怪，今天用了明天在。"是啊，年轻气盛时，力气像口取之不尽用之不竭的井。可是，今天呢，对自己的土地那份热爱的感情，浓得像血，却心有余力不足啊！土地养活了先祖，养活了自己，自己却在土地的滋养下，逐渐衰弱如羊。她与她同时代的人，都一模一样地只有一种形式的过去和一模一样地只有一种形式的现状，就是再也没有能力从曾经的一贫如洗，再去完成劳作的苦楚和已经完成劳作的成果之间的欣喜了。

“地里的庄稼黄啦！黄啦！全都黄完啦！再不拿起来，又要烂在地里了。”说这番话的时候，她和我母亲坐在一堆苞谷前，正在拿起手里的苞谷一个一个地摸着它们。我站在那里，老人摸着摸着就无语了，摸着摸着就双手颤抖，摸着摸着就泪流满面。她撩起衣角，擦了一下泪水，和我的母亲说：“要是天收了，也没个盼头。这么好的收成啊，反倒让人扯心扯肝，让人心死！”我的母亲，耳朵已不太好使，只是模糊地听见她在说话，也就回应说：“是呀是呀，今年苞谷比哪年都个大，看着就惹人爱！土地好啊！哪里都埋人。人也好噢，活着地里有庄稼，死了天上也有个位置。”两个老人的对话，都在自己说自己听。她们的交流，都不是用语言，就是坐在一起。因为老人的耳朵背，她听不见母亲和她在说什么。她只是看见母亲的嘴没动了，她又说：“黄泥巴都捂到嘴了，就看得见点泥巴的颜色，活过今天不知明天，管它呢。都秋天了，儿子也不回来收，它要烂，就让它烂吧！没指望了！”说着，老人就站起身，也不和母亲打招呼，弓着腰走了。

我喊她，她听不见。头也不回，把手背在身后，一碎步一搓地地向前走。这个情景，让我想起了朦胧贫寒的往昔，满目疮痍的日子，再到今天一年到头吃不完的粮食，我的心为之一颤。我无法理解丰收的绝望，然而看着老人猫一样弓起来的背，脸上和手上风雨割据出来的密密痕迹，我明白了这绝望的忧伤。是的，这黄，这焦黄，在她的生命里，成了难以抗拒的现实，成了她无法承担的主宰。

多年前，老人的儿子，一个乡村医生，破产后，离开了这块土地。他的破产是注定的。他不知道，医者，仁心。医者，仁术。而他的仁心和仁术，全来自他自己得了病，上山采药吃好后，他就做起了草药医生。自己随心所欲买书学习医术，没人指导，没人给他建议，他就大胆地自己开了一个诊所，连同西医一起给人看病。医疗的地方，本就是一个肉身病痛的避难所。但是，有一次，他在为一病人注射时，针水还没抽完，病人眼皮已经翻白。他立即颤抖着双手现去书本里寻求答案，答案还没寻到，病人已经僵硬。就这样，他赔偿了一场医疗事故后，家里没有了一粒细粮，院子里连一只鸡都没有了。一贫如洗倒还说不上，还有两袋粗糠和半缸沙井水。多年的经营，被一次性洗劫，他一气之下，带着妻儿离开了村庄。在我的印象里，我眼前的这个老人，在那些年他挣了点钱，老人也保持她的勤苦节俭，富贵诱惑不了她。在他没落后，饥饿寒冷她也能坚守。她早出晚归在土地里，翻挖别人家挖过的洋芋地，目的是寻找埋在土里被遗漏的洋芋。在秋收后空旷的田野上，一穗一穗捡拾谷桩里落下的稻谷。为了生存，的确，那时她觉得有使不完的力气，一天之中，要踏访很多地方，仿佛脚下的土地，都是她的城池。也就在近几年，她的儿子，在春耕的时候回来把她经营的庄稼地种上，秋收回来收获。

现在，秋天来了，叶子肯定要黄，庄稼肯定要熟，万物的自然规律，人类只有顺应。然而，遇上有丰收，哪里不是一片欢笑？

就我眼前的这个老人，她或许也欢笑，也兴奋，却又在兴奋中沉默。她的精疲力竭，面对丰硕的果实，她并不知道她是应该笑还是哭。可是最后，她哭了，老泪纵横。

或许，这只是我的一闪之念记下的场景。我也希望仅仅是一闪之念，让她在绝望中透出希望。原谅我的偏执，可能写得用力过度，因为我不敢放松分毫。因为，她们这一代老人，寒冷，饥饿，土地犹如生活中的盐，锻打一生铁一样的宁静，现实的存在里却是满心悲怆。在劳作一生的庄稼活计里，打交道最多的土地，已经到了尽头，再也不能事无巨细地全力以赴。

我不由得想到了老人说的话："我看见了，泥土的颜色。"是的，人的一生，最后等待的，还是泥土。其实，她们说颜色，我想说成是光。光才让人看见，活着或者死了，都在泥土里诞生。

关于泥土，我观察多次了。它在秋天里，是发亮的，光芒闪闪。

这座城，那些人

莫晓鸣

一个保安

这是个让人过目难忘的人，默然无语中，一张肌肉松弛下垂的长脸毫无表情；一双眼皮耷拉的眼睛总是呆呆盯着某处，仿佛时刻都对世间做着努力的探究；容易露出牙龈的嘴总是闭合，似乎习惯用沉默保护自己，只是突然爆出的笑声却容易令人莫名其妙。

他是我居住小区的保安，高大的身躯显得笨重，行动迟缓，我学着别人叫他福哥，具体的名字我不详，更不想知道。门岗的保安如走马灯般换人，说不定哪天，他便永远消失于我的视野，然后岁月会渐渐模糊残留的记忆，最终化成我发愣时的一声叹息。

不知从何时起，人们的活法越来越虚幻之后，社会的分工使一些劳作处于劣势，身体力行往往吃力不讨好。我向来对那些付出汗水和任劳任怨的身影心存敬意，所以每次进出小区，我都会主动向那几个保安和清洁阿姨问好。只是有时轮到跟福哥打招呼，他会面无表情地直愣愣看着我，不言不语，仿佛充耳不闻；有时会爆出诸如“那天找上门的是你什么人”之类的蠢话。我当然不会计较他这些粗俗，不谙世事，他的表情和没心没肺被我当成他的个人风格，甚至还能引我会心一笑。

这些日子，吹向城市的风在枝叶上颤颤悠悠，仿佛向人们昭示，这个静默的春天前所未有。

我庆幸自己临美舍河而居，白昼之后的夜晚能去河边走走，看河岸的花草树木欣欣向荣，争奇斗艳，努力撑起一派春光。也就是在这些湿气浓重的夜晚，似乎没有什么心理上的诱因，我竟断断续续想起了福哥的一些事，尽管它们早已散落在悄然而残酷地流逝的岁月里，如沙粒埋进沙漠。

时间应该追溯到七八年前，那时我的出行工具是摩托车，很多时候我不知疲倦地驾车穿梭于海口的大街小巷，试图为生活寻觅些意外的方向。有一天中午，我弟骑着我的摩托车出门，在小区门口却被福哥拦住——他不认识我初来乍到的弟弟，却认得我的车。无论我弟如何解释，他就是拉着一张长脸不肯放行，非要我弟给我打电话验证。电话接通后，他却听不出我的声音，又硬要我下楼当面对质……这一番折腾虽然以他意义难明的傻笑告终，我内心却对他忠于职守的严苛充满好感。

还有一次是一个深宵，我被对面楼房一对夫妇摔盆摔椅的吵架声扰得无法入眠，干脆披衣下楼。小区里月色溶溶、夜风微凉，如此的良辰却被睡眠的人辜负了。门岗有两个保安值班，其中一个是福哥。我抱着双臂与他俩在月光里闲聊，都是一些东拉西扯的闲话，彼此不时发出满意的低低笑声。没过多久，那对夫妇的吵架声却更加刺耳，没完没了，势均力敌。我借着激愤声讨了这种扰民行径，另一保安听了，默不作声；福哥听完后犹豫了一下，便咬咬嘴唇转身跑上楼去。不久我便听到那女人更尖锐的声音："不好好看门，我们夫妻吵架你来掺和，谁给你这种权力！"不一会儿，福哥灰溜溜走出楼梯口，也许他觉得自己脸上无光，一时不好意思与我们再照面，就拐道去了后面的停车场。

我默默望着他渐行渐远，直到在月光下，这个隐忍而卑微的身影变成一个浮动的黑点。

福哥是地地道道的海口人，从小耳闻目睹海口的种种，却没有将那些精明、霸气和傲慢杂糅进自己的性格。在他小时候，海口有限的范围仿佛缩成一团，到处是海水退潮后的滩涂，发出阵阵腥臭，如大海裸露的伤口。几十年间，这座城市日新月异，让他猝不及防，就像做梦一样。多年不变的是他三兄弟共住一栋三层旧楼，每层是狭小的两房一厅。有一处容身，他便住得心安理得，尽管富贵常入梦。他的家庭结构也非常简单，头发疏于梳理的妻子少言寡语，在一家饭店当洗碗工；仅有的一个儿子从职校毕业，专业对口去了一家美发店做美发师，嗜睡的习惯让他时常旷工。他在多次挨了老板批评之后，竟凭着血气方刚一怒辞职，至今半年多未重新上岗，享受着逍遥青春。

去年冬季的一天上午，天空阴沉，我迎着室外的寒风匆匆出门，还没到小区门口，正在值班的福哥远远对我打招呼。

这是前所未有的，超出他的木讷本性，令我一怔。及至到了面前，他勾着头有点不好意思地说要我帮忙：他儿子昨晚和朋友喝醉了酒，路过银行时，俩人一时兴起打赌敢不敢砸自动取款机。当然他们不是想从中抢钱，斗狠豪赌仅是一时逞能。儿子不愿被人小觑，就寻来砖头将微光一闪一闪的机子砸了。他知道我曾当过记者，也许有些门路，问我是否能帮忙将他关在公安局的儿子放出来，年关近了，做父亲的希望儿子能回家过年。我听后觉得好笑又可恼，这种愚蠢的无知无畏为我所不齿，连想都不想便推说自己也没办法。他顿时无语了，两只粗大的手掌下意识地搓来搓去。

其实人生不易，世道沧桑，犯错受罚或许能让人活得清醒一些。

生活有着自身的运行逻辑，我们本能的向往生活美好、人生吉祥，这并不影响多少人日复一日负重前行，克制欲望，任劳任怨，因为谁都能感觉到生活的巨轮时刻在身后滚动，碾压，冷酷而缺乏人情味儿。

今年伊始，福哥下班后不顾疲倦，竟骑着他加长了后座的电动车上街拉客，不知是不是因为全城酒店停业妻子没了工作。只是这街道空空荡荡，乘客寥寥，骑车在风声灌耳的大街小巷转来转去，最后唯能当成兜风自慰。昨晚十一点多，有很多人在微信朋友圈里称赞天上的圆月为“庚子年的超级月亮”，可能我也如他们一样久待家里使内心压抑，闻讯便毫不犹豫地下楼看月。及至来到楼下的空旷地，果然看到一轮皎月，又圆又亮，悬挂在树梢与楼厦之间，温情脉脉地照耀着人间，似在关切，似在抚慰，安谧而洁白的洒照让人憧憬岁月静好。

我走近小区门口，正好碰到福哥歪戴着口罩赶来换岗。看着他匆忙的样子，我便问是不是刚上街拉客了？他没有看我，只顾在旁边脱头盔和停车，然后慢条斯理地穿制服。做完这一切之后，才慢吞吞地回答，这个时间点在家里睡不着觉，闲着也是闲着，倒不如骑车上街转转，看看能否捡到钱。

或许他觉得自己的话很幽默，刚说完便大声笑了起来。那突然爆发的笑声肆无忌惮，无遮无拦，令人心酸，搅扰了一夜清辉。只是无边无际的岁月，很少会在意谁。

无言的母亲

窗外的天空渐渐明亮了，天光使窗帘呈现出淡淡的灰白。闹钟还没有响，睡梦中似乎有一个什么声音使你醒了过来，一睁开眼就睡意全消。你不敢恋床，掀开被子翻身落地后，连忙睡眼惺忪走出房间。这两年来，清早轻轻推开母亲的房门几乎成为你一天中紧要的事。每次你都内心忐忑，总想第一时间知道母亲的状况变得更好，还是更坏。

年逾八旬的母亲原本是一个慈祥而又爱唠叨的老太太，她妆容整齐，爱干净，白皙的双手触碰过什么东西后总是洗了又洗。两年前，母亲突然得了轻度脑梗，变得行动迟缓，继而意识不清，言语混乱，生活自理能力顿失。你有一姐一妹，皆已为妻为母，照顾母亲的重担自然落到你和妻子的身上。况且她俩也觉得你全心全力照顾母亲理所当然——你是家中唯一的男孩，按照家乡的风俗，父母的遗产你将全部继承，况且母亲的退休金一直是你领，所以，在母亲困于病境时，姐姐妹妹都没有伸出援手。母亲生养的辛劳，在她们的头脑里，都被不让她们沾边的财物抵消了。

即便进入中年，城市的光怪陆离仍使你浑身充满力量，这种张扬的魅力使你迷恋不已。感觉到世事艰难是在母亲患病之后。每天早上推开母亲的房门，你便要检查一夜中母亲的大小便是否遗留在裤子里，或者在床前的地板上，尽管母亲稍微清醒的时候，也会正常使用洗手间。早在许多年前，为了照顾两个上学的孩子，你的妻子辞职成家庭主妇，那时家里有母亲和妻子两个人操持，你的日子过得自在而明亮，浪漫的天性使你将自己的导游职业演绎得天马行空。在海口这座人心不断随着城市五光十色而蜕变的城市，你经常不着家的身影曾令妻子百般狐疑，追踪的电话总在你不愿意的时候响起。如今你全心回归家庭，即便工作之日，带着红红绿绿的旅游团一路风光，职业性微笑仍不足以掩饰内心的焦灼和牵挂。这些萍水相逢的旅人可能以后不会再见了，对母亲的时时担忧，使你不能理所当然地对他们奉献出最佳的工作状态。

如果将来你有机会编撰人生，母亲患病的日子，应该成为你人生的一个节点。

在日复一日的疲惫感中，你发觉城市的喧嚣悄然退隐了，白天和夜晚变得无比漫长，连自己熟悉的街道也变得狭长了。母亲顿时成了生活的中心，让你劳心劳力，头脑昏沉，然后心力交瘁。

母亲养着一只宠物狗，个头不大，在人前总是抖动着毛茸茸的身躯晃头摆尾，煞是可爱。这些日子里，你再替母亲照顾小狗，显然力不从心，况且这个不谙世事的畜物，整天一副喜气洋洋的模样，此时也与家庭的氛围不协调。你跟妻子商量将小狗送人，女人心软，连连摇头不同意，一个活物，四年的欢愉相处，早就入心了。再过了一段日子，妻子做出了艰难的抉择，最终将小狗送给自己的闺蜜了，这一壮举颇出你的意外。接下来的几天，母亲的表现同样出乎你的意外，她的饭吃得少了，有时甚至不吃，常常盯着客厅的一个地方发呆，连散乱迟缓的语言也没有了。医生说，母亲就是清醒时智商也特别低，她是用自己的方式怀念小狗，一个整天绕膝承欢的活物突然不见了，可能唤醒了她内心的缱绻之情。

时间昼夜波动不已，就如我近邻的美舍河，它波澜不惊的流淌使我不能第二次再见这些河水。就在这座楼厦屹立众声喧闹的城市，我目睹了一场场悄无声息的衰老，时光造就的人生变局有时令人欢欣、有时令人沮丧。出于深沉的情谊，我登门探望你的母亲。虽然她已不能像过去那样，一见面就问我最近是否常出差，是否有空回老家看父母，还特别叮嘱我不要熬夜。

那天你迎接我进门的时候，你母亲安静地坐在客厅的藤椅上，面无表情，脑袋时而转向东、时而转向西，目光始终找不到落处。刚进门时我与她打招呼，她转过头来看着我，像心存疑虑地打量着一个陌生人，无言无语，没有点头也没有摇头。病患的气息已渗入你们的日常生活，弥漫在整个客厅，我感受到一种萎靡不振的气氛笼罩。你母亲曾经是名妇产科医生，迎接过千千万万的婴儿来这个世界。我能想象得出，她总带着热情和笑容，职业性的在婴儿粉嫩的小屁股上一拍，他们便会“哇”的一声，发出来到人间的第一声啼哭。如今我默默地看着眼前这个对自己无能为力的老人，竟有一阵恍惚，无法将她与她自己曾经从事的职业相契合。

去年暑假，两个住校的孩子回到了家里。毕竟骨肉相连，这一男一女两个中学生对奶奶抱有深深的同情和惋惜，每次上街，都会买回奶奶喜欢的食物。但是，一旦你让他俩尝试着帮奶奶擦拭身子，洗奶奶的脏衣服，他俩都噘着嘴唇不愿意，无一例外都是借故走开。或许是因为你在前头扛着，两个手脚干净的孩子便觉得照料奶奶没有他们的责任。你知道这是自己的家庭教育出现了偏差，想想似乎也不能全怪孩子，这之前并没有一个需要照顾的奶奶让他俩接受渐进式的教育。也就是在这个暑假，你突发奇想，打算带两个孩子去北京旅游，让他俩对庞大繁华的都城心生向往，然后在学业中更加精进。虽然经济上已是捉襟见肘，但妻子很赞成你的想法，很久不见的笑容顿时绽放在脸上，她愿意随行照顾孩子们的起居。但是出门后谁来照顾母亲呢？第二天你以出行的话题试探姐姐和妹妹，就短短的五六天，想不到她俩都以各种理由推脱了。这种不可思议的冷漠彻底惹怒了你，你咬牙切齿，捶桌打椅，如果不是发生在自己的身上，你简直无法相信！因为母亲的缘故，你们积极谋划的出行最终成了泡影。

一年复一年，时间里总有很多令人猝不及防的事发生，倏时打乱引领一个家庭前行的节奏，甚至摧毁一个人与生俱来的勇气。今年元旦似乎比往年热闹，新年伊始，街上挂着的一排排红灯笼热切地召唤着人们内心的喜感。岁月更迭中的辞旧迎新曾让你激动，内心油然而生仪式感，这天，你们全家吃了一顿丰盛的团圆饭。想不到第二天，祸事便不期而至：租住在你别处房子里的一个广西民工，因晚上独自过度喝酒，竟酒精中毒，当夜在出租屋内死亡，留下的死亡阴影却笼罩着生人。这幢房子在你家乡的县城，是你承接父母的产业。这样的事令人匪夷所思，如同一出荒诞剧在你的生活里上演。慌乱中你给我打电话，翻来覆去地念叨“为什么人会自己将自己喝死”，我怀疑你早被惊吓得六神无主了。明白了事情的原委，我便极力安抚你，重复强调从法律的角度你应该没有任何责任。后来，出于人道，你赔付了两万元给死者家属处理后事。你由衷感激这家人的厚道诚实，他们并没有效仿世间惯常的伎俩，大哭大闹，以人命关天讹钱。

但是经此一难，你日益变得心神不定、敏感而脆弱，与我在一起喝茶聊天时会突然无语，眼神茫然而空洞。昨天晚上，在骑楼老街的一家茶馆，你一支接一支地抽完几支香烟后，竟幽幽地说，实在太累，快挺不住了，想将母亲送去养老院。我一时没有言语，扭头向窗外，一场短暂的夜雨过后，灯光正静静地照耀着湿漉漉的街道。我所迷恋的城市常令我捉摸不透，正如我捉摸不透生老病死的人生，即便我每次迈进明媚的一天，都鼓励自己未来可期。

生日

天蒙蒙亮的时候，楼下响起的叽叽喳喳的说话声将你吵醒了，这些毫无节制的声音，是一群看似幸福的主妇相邀去菜市。你不想这么早就起床，床永远是可信赖之物，你闭着眼睛翻了个身，努力回忆刚才被打断的一个梦——梦里祖父正打着手势指挥你倒车，道路两旁却是悬崖峭壁。祖父仍是那样清瘦，穿着干净而古旧的中山装，从紧蹙的眉头能看出他此刻正忧心忡忡。祖父去世已经二十多年了，今天是你的生日，你不知道这个梦究竟要预示些什么。人到中年，从已活出的经验中能感觉到身后有一股神秘力量主宰着，因而你总是小心翼翼地追寻生活的踪迹，然后耐心地条分缕析，希望能从中洞悉一些暗示。

十月的阳光仍然明晃晃，但晒在人的皮肤上已不像夏阳那样让人灼热难耐，它和煦而友好。你走在街上，想十月应该是海口最好的天气，不冷不热，天高气爽，让人内心舒坦而亮堂。早上起来，你忽然想到要借生日的名义，随心所欲地上街走走，就当赋予生日一个简单的生活仪式。这座生活了整整二十年的城市，忽然让你内心涌起一股缱绻之情。这二十年，回首时你并没有觉得特别漫长，历历在目的场景或悲或喜，都恍若昨天，只是一个毛头小伙熬过二十年后已届中年，这却是不容置疑的事实。偷偷溜走的时间就像这二十年里偷偷从身边溜走的人，多少物是人非，已经令人沉默中无法冷静。

街上迎风招展的红旗非常惹眼，一片片舞动的大红令人热血沸腾。国庆刚过，盛大庆典的余韵仍在这座城市的大街小巷延续。那天坐在电视机前，看着现场直播的盛况空前的阅兵仪式，你不禁流下了眼泪。泪水一半是因为激动、感恩和庆幸，为这个曾经多灾多难的国家的日益强盛；另一半泪水，恰恰相反，却是为自己的日渐式微，人生局促。在你的眼里，时代是一辆马力十足勇往直前的列车，但是不管你如何努力，仍然只能沿着车轮痕迹踽踽独行。如果是夜深人静，你对着窗外遥远的天空发呆，你呈现在自己脑海里的形象，只能是一个边缘人，一个零余者，自谦中有几份恰如其分。

不久前的一场大病，彻底改变了你来日方长的念头。想到这里，你不由得放慢了脚步，深深吸了一口气。这时街上阳光灿烂，每一个人都各怀心思努力奔波，仿佛前方都是耀目的前程。没有任何征兆，那一天透视光片上的病灶摆在眼前，你的额头便沁出一阵阵冷汗。躺在手术台上，在麻醉昏迷的瞬间，你忽然变得无比紧张，惊惧的眼睛睁得大大的，在沮丧和无助中害怕自己不能再醒来。你第一次上手术台，你感觉到自己的手脚冰凉，仿如体温顿失。你本来就不是一个相信生命力可以无比强大的人，这时深切地体会到，时间就像一个黑洞，不断地吞噬着一切，包括你不再年轻渐渐松弛的身体。

博爱路是海口的一条古老街巷，顾名思义总会让人内心泛起暖意，它两边挨挤着的南洋风格骑楼，都有近百年的历史。这里的店铺大多卖毛巾、香烛、橡胶水鞋等日常用品，从摩肩接踵的人流可以看出这是个长年不衰的商业之地，店主和顾客早已对古旧的门面习以为常。你已经很久不来博爱路了，知道自己十年如一日，有意要避开这里的一家花店。如今你站在这家叫“嫣红”的花店门前，抬头往里面探望，一簇簇颜色艳丽的鲜花如同通人性，静候买主时仍不忘争奇斗艳。十六年了，这家花店仍原地不动，仍店名不改。十六年前的一个夏天傍晚，你从这里买下一束鲜花，要送给过生日的女友。这是你平生第一次买花，等候在出租屋里的圆脸女孩是你第一个女友。五年后，女友嫁为人妇，曾经盟天誓地、海枯石烂的爱情，竟然比不上一家商海沉浮的花店更长久。不断迎面而来的时间里总有很多神秘之事，令人不可预测，只是每当回想起她，回想起这个咫尺天涯的人，你内心仍不由得掠过一丝战栗。

这么多年来，你总是感到自己不断被无力改变的事物所束缚，久而久之活得束手束脚，谨小慎微，你无数次试图去理解这座城市，以达成一种客客气气的和解。它的冷漠，它的爱富嫌贫，它的物欲横流，有时会让你无所适从。后来你换了一种心态，重新调整一种视角，想到这座城市安置着一扇属于你的亮灯的窗口，想到这座城市里的各种善意和友爱，更重要的是，这座城市让你实现了从农村走进城市的梦想……这平心而论的一切，就会使你内心不经意间获得某种慰藉，不再嗟叹和困惑，看淡了生活中许多手足无措的时刻。

街道的喧闹这时应该达到高峰了，举目望去，满街神态各异的陌生面孔，正在汇集成一条聚散无常的人河。忽然你发现一栋骑楼的走廊里，安静地坐着一个卖椰子粑的老妇，这种粑主要由糯米和椰子丝做成，十足的海南味。看到老妇的白发、脸上密布的皱纹和古旧的衣裳，立时触动了你前去购买。当老人将装饼的白色塑料袋递到你手上的时候，你忽然想到了自己的母亲。今天，母亲当然会记得是你的生日，母亲故土难离，仍然固执地住在农村里。母亲喃喃自语中常念叨着海口，就因为这座对她而言无比陌生的城市住着她的儿子。这几年，母亲的衰老十分明显，母亲二十出头便生下你，至今，你仍然十分好奇，只是不好启齿，母亲是如何认识同样年轻的父亲的？在贫瘠的日子里孕育了你，便是孕育了一种生命的神秘。有一天，你多次拨打母亲的手机，响了一个上午都没人接，无数的猜测渐渐让你坐立不安，你知道，这种强大的母子连心，在烟火人间可以超越任何时空。每一桩母子之缘，你相信都会是世上最好的因果和奇迹。

走在满眼熟悉的街道，阳光均匀地洒照在每一个人的身上，如同为他们镀上一层吉祥的亮色。这些擦肩而过的陌生人，每个人都扛着自己的命运匆忙赶路，看似不知疲倦。站在一家钟表店门口，你忽然冒出一个近乎荒唐的奇怪念头：今天是你的生日，你想送给每一个擦肩而过的人一个微笑。于是，你扯动着嘴角微笑着——或者，是在别人的不屑一顾里傻笑着。很快你就意识到自己的微笑是那样苍白和空洞，俨然一种恶作剧。当你正想结束这种作态的时候，忽然听到有人喊自己的名字。你扭过头，收敛起笑容，原来是自己的一位旧同事。多年不见，女同事仍是那样相貌端庄、言语轻柔，浑身给人一种飘逸脱俗之感。

这个突然出现的女人，仿如生活中一个戏剧性的插曲，让你又惊又喜，暗暗惊叹人生际遇的不可思议。满街人头攒动，却都与你非亲非故，此时此刻，你终于遇上一个不是陌生人的人。你满脸堆笑与女同事握手，本来你想借助生日的冲动给她一个久别重逢的拥抱，但你还是努力克制住了。两人站在骑楼的暗影里寒暄了一会儿，女人突然想起来："今天不是你的生日吗？你怎么一个人在街上闲逛？"你微笑着点点头——她竟然还记得自己的生日！你抿紧嘴唇感激地盯着她的脸看了一会儿，这张岁月留痕的脸面竟然有零星的黄褐斑了，任精心涂抹的脂粉都遮不住。女人也许意识到了你目光发现的秘密，却仍是若无其事落落大方地说："还是按旧习惯，过生日吃鸡蛋？"你又点点头。女人往街道的各个方向张望了一下，说："我马上就要走，没空给你买茶叶蛋了，我就点一份鸡蛋饼的外卖送到你家里，算是给你过生日吧。"话音刚落，女人又问："你家没换地址吧？"你怯怯地回答："房价都涨上天了，换家多不容易。"

跟女同事握手告别后，望着她的身影很快融入人流，倏时就没了踪影，你心里竟有种说不出的失落感。两个人虽然同在一座城市，相见却又不知何年了。在这座庞大的城市里，你没有拒绝她的鸡蛋饼，也许这将是你今天收到的唯一的温情和祝愿。尽管性格使然，你生之默默，从来不愿张扬自己的生日，这时，你忽然想到也该祝愿一下自己，给自己一份寄望，于是，你便暗暗祝愿时间、人生和生命中的美好，就在今天，将自己的出生日当成出发日。

不一样的流水

我总是夜里与这些河水相逢，有时在月光下，有时在路灯投射的斑驳光影里。如果不是大雨或台风之夜，它们都静静地流淌，不轻易掀出此起彼伏的浪花。它们横穿城市，一路蜿蜒几十里，然后不知疲倦地汇入大海。这条河叫美舍河，它是海口的母亲河，我不知道它是否从诞生之日起，就开始孕育海口。但是我知道，它时刻带给这座城市湿润和灵性，时刻唤醒那些负重前行中磨钝的感觉，让人渐渐投入自在和向往。

从我居住的小区右拐再走约五十米，就可以来到河边，经风经雨的房子虽然一年比一年更旧，但我喜欢这种与水为邻的生活。每天被风吹送来的水汽夹带着植物的味道，总是那样新鲜，沁人心脾。每次漫步河畔，这种味道总让我迷恋，流连忘返，它分明冲淡了城市在喧嚣中散发出的钢筋水泥味。

今晚我来到河边有点晚了，月亮已悬半空，一副寂寞的样子，缓缓而行在一幢高楼与另一幢高楼之间，皎洁而忧郁。月光洒照在河里，照着光滑的水面，似乎照着一个深不可测的世界。这时我想知道，在你的世界里，今夜，是否也月光遍地。

静默的河水在朦胧的光影里延伸，没有泛起半点波澜，这些河水一直在流淌，它们不会停下来等谁。最后一次和你在河边走，我记得是一个夏夜，那时大雨刚歇，我们身边涌动着距今六年的流水。有许多上了年纪的女人聚集在河边跳广场舞，她们踩着悠扬的音乐，我行我素般伸臂展腿，完全是各顾各地随性发挥。但她们目标一致，以生硬而别扭的舞姿，宣示对身体的热爱，对生命热汗淋漓的呵护。我和你在河边也商谈着一个共同的目标，我们要办一份面向海南校园的杂志，刊登来自莘莘学子的优秀文字。我和你的文学爱好缘起于中学校园，一拍即合的倡议让两人热血沸腾、摩拳擦掌，边走边谈中你有力地比画着手势，声音越说越大，引得擦身而过者纷纷转过头看我们。夜色一如既往的美好，扎根湿润土壤的垂叶榕枝繁叶茂，我俩从它们的身旁经过，一棵又一棵，它们低垂而轻轻摇动的叶子，干净而狭长，如同灵魂的眼睛。是否就在那时，这些在黑暗里睁开的眼睛早已洞悉，你身上的癌细胞每分每秒都在裂变繁殖，活跃在绵软的肌体里，壮大的集群势不可当。只是你毫不知情，你每天的忙碌和谈笑风生使你活得更像一个丈夫和父亲。

最近河岸上又种了一排小树，许多我叫不上名；还有一种开得特别鲜艳的花，大概是不久前移植过来，我同样叫不出名，我承认自己对花草树木无甚了解。你曾教我识得岸边为数不多的凤凰树，今夜，在灯光下，这些树植株高大、树冠横展，鲜绿色的羽状复叶轻轻摇曳，一副优游自得的样子。

时间如流水一样无情地流逝，漫长的日日夜夜让人又沧桑又安详。五年了，你的手机号码仍然留在我的手机里，占据着一个敏感的位置，我始终没有按照民间忌讳悄悄删除。在许多夜深人静的时候，我都有拨打的冲动，只是一番犹豫之后，最终我没有一次伸指触碰这组熟悉的数字。我不敢验证拨打之后，是关机状态，还是响了很久都没人接；或是有人接了，那个人不是你，用了多年的号码已由一个陌生人接手；或者，接电话的那个人仍然是你，只是来自另一个世界的声音腔调已改，轻飘飘似有若无，如你的魂魄。冥冥之中，我能感觉到你灵魂在这座城市上空的漂泊，多年来一直不忍离去，世间有太多你割舍不下的东西，妻弱子幼，父母苍老，我知道你至终都不忍撒手人寰。

那年冬季，我在岛外出差时收到你病危的消息，寒冷之中仍让我惊出一身冷汗。我立即提前结束行程，手足无措中订下机票，冒着漫天的点点雪花匆忙赶往机场，当晚就在一种虚幻的感觉中飞回海口，仿佛自己的奔波是多么不真实。第二天清早我赶往医院看你，只见你躺在病床上，身上插着各种胶管，又瘦又无力，早已脱了人形。我强忍住泪水，我知道，你的生命已进入倒计时。这时我脑海里呈现一个呱呱坠地的婴儿，忽然四十年后，这个长大成熟的身躯要归于尘土，他赴一场生命之约竟是如此匆忙和短暂！日子被拦腰斩断，你没有人们常挂在嘴上的余生。我埋怨你怎么不早点将病情告诉我，好让我抽空多陪陪你。你一阵咳嗽，缓过气后说知道了自己的病情，曾有好几次给我打电话，我都说忙，所以你就觉得自己的约见像打扰了。有一次还特别想约我吃一顿告别饭，电话那头我正在开车，说等一会儿再回复，几个月过去我却无音讯。这一番话听得我很内疚，我总以为朋友们人人活在常态的生活中，日出而作，日落而息，在自己的世界里各自安生，来日方长。

回家的路上，我在医院里强忍住的泪水，这时却恣意流淌了。我视线一片模糊，双手还不停地抖动，不得不打着双闪灯将车停在路边。记得有一天你非常哲学地对我说，要努力打拼，尽力挣脱过去、别人和金钱对自己的控制。我知道你一直很努力，这应该是你多年来不轻易说出口的人生宣言。在海口，你用差不多十年的时间完成了买房买车等人生大事。一个辞职的海南乡村教师，活成了众多挣扎人生的楷模。这时车窗外阳光灿烂，普照众生，生活框在常规里有条不紊，这座热带岛屿并不因为冬天而缺少阳光。我用纸巾擦干了眼泪，透过车玻璃看着路上狂奔的车辆，心想这个充满速度和力量的世界，怎么就会让你作别了呢？现在你要去的地方，是我们每一个人的必去之地，只是早去或晚去，人生的疆域全不一样了。

我曾与一个朋友在河边谈论生命和人生。那晚她打扮得很漂亮、很清新，确实与这样的话题不相匹配。她与父亲的关系很不好，父亲年轻时总在外头应酬，几乎每晚都带着一身酒气回家，然后眯着一双蒙眬的醉眼对母亲颐指气使。父亲是一个小官，属于中年得志，活法和脾气也随着每一次官位的升迁而水涨船高。后因受贿被抓，他坐了几年牢出来，整个人顿时变成了一个面容木讷、行动迟缓的糟老头。望着对岸楼厦一排排灯火明亮的窗口，黯淡光影里她大概想到了窗口里各种遭遇不同的人生，然后降低声调，跟我谈起生命的长度和宽度。对一般人而言，生命的长度和宽度始终是两种模糊的概念。我忽然想到了你短暂的一生，内心五味杂陈，我当然不能诠释你活出了超常的宽度，以此宽慰自己。河水日夜川流不息，静水深流，带走了该带走的东西，也带走了不该带走的东西，就像充满天地间的时光，悄然无声流动却充满凌厉的劫掠之势。

今夜，我走在河边弯曲的栈道上，木栏杆厚实而造型生动，总让我想起古诗词里水榭楼台的气韵。还有那些树、那些花草，将一方临水的夜色装饰得如此美好。于是我又一次想到你，你的离去和出生一样，你自己都没有决定权。每个人降临世间，一定带着尘世的使命，如同我眼前的河水，宁静、宽容、徐缓且一往无前，流过曲折的河道，一去不复还。

师姐

海口的冬天最不像冬天，进入十二月后，太阳仍在头顶明晃晃高悬，满天满地黄灿灿，完全不理会人间的时令节气。许多自恃目光独到的主妇为全家备下的冬衣，仍然静静地悬挂在衣柜里，不惹尘埃，整齐而肃然，仿佛对着这样一个冬天无语。我的师姐刘女士却在入冬后失眠了，辗转反侧，一宿又一宿，夜气里的温暖丝毫不助她片刻入寐。

我觉得很有必要打开窗户，混杂着一屋人呼吸的空气让人感到沉闷。一屋子的男人和女人，看起来个个求知欲旺盛，都闪着灼热的目光。在这里，师姐是一个言谈举止优雅的女人，第一次见面，我便被她迥然不同的气质所吸引。认识她应该在一年前吧，那时我俩都不约而同去海甸四东路参加一场读书会——一种时兴而美妙的度夜方式。轮到分享环节，她吐字清晰且条理分明的发言，在寂静里环绕，给我脑海留下深刻的印象。散场时，我刻意找她留下手机号码，彼此短暂的寒暄，才知道她是我的师姐——我俩同读海南一所大学的中文专业，只是她比我高了好几届。如此这般，她在校园里走过的路，我应该也走过；她坐过的教室，我当然也坐过，我俩都将青春岁月和懵懂情怀安置在同一地方。这样想过之后，我心里便觉得亲切，陌生感顿消，再看她温和的面容，竟有种似曾相识。

今年以来我特别忙碌，仿佛生活在每一种缠身的事物中，无始无终。师姐好几次约我喝茶聊天，隐约为了加深新交情，我拖了又拖总是抽不出时间。我想，我的拖延给她的感觉应该是泼出的冷水，至少会让她对世间当面的热情半信半疑。

这天夜里雨声不断，窗外从天而降的雨滴细长而闪亮，淅淅沥沥，像极了这些湿漉漉精灵的欢欣絮语。冬天下雨多半是降温的前奏，我不由得在心里盘点起去年遗留下的冬衣，心想一个不长的冬天，能凑合就尽量凑合吧。就在这时我的手机响了，电波带着主人的声音成为雨夜的闯入者，原来是师姐。也就是这个电话，完全抹去她留给我的最初印象，温文尔雅、养尊处优、内心高傲，如今在我看来，这些标签全成了她人前人后的装饰。

夜里下雨很舒服啊，雨落在大海里，会淹死吗？师姐以诗意语言开头，着实令我摸不着头脑。接下来我陪她聊了一会儿天气后，她就毫不讳言自己的失眠症已持续了半个多月。每到夜深人静，天地不醒，她脑袋里的世界却是五花八门，旋转变幻，仿佛灵魂伸出了无数敏感的触角。失眠的根源来自一套房子和她的儿子，但是心病难治，她无法对症下药，无法让自己平心静气，安然度过每一个夜晚。原先她性格开朗、健谈，喜欢鲜花和动物，如今，随着失眠症的到来，生命中的这些美好都消失了。

房子的事应该追溯到十年前。那时她丈夫的单位集资在海口建房，正好儿子刚考上研究生，需要一笔不菲的资金支撑继续深造，满怀期待的夫妻俩便决定，将建房指标卖给儿子高中同学的父母。就这样，一百多平方米的房子，指标卖了吉利的八万元，两家在笑谈中完成了交易，还相约吃了一顿饭。因有房子这一机缘，两家大人渐有了交往，似乎在人情薄如纸的城市里更加亲上加亲。

第二年，海南在春天里迎来了自己另一个春天——升级为国际旅游岛。无疑，这是一个令人振奋的大策略，住在岛上的人们内心雀跃，酒肆饭馆里碰杯连声，但最敏感的还是房子，一夜之间竟然价格翻番，让憧憬中的人们措手不及。这时，师姐夫妇不约而同有了心结，谈话间偶尔会闪出“如果房子的指标没有卖掉”的假设。平心而论，漫长的日子里有得有失，有欢愉有坎坷，本是正常事，但对于门路狭隘而机会不多的他们，这一回的损失确实太大，几乎是临门的富贵拐道走了。三年后丈夫因病离世，不知是否与此有关。不久前海南又升一级，成为众人瞩目的自贸区，在利好的消息中房价更如脱缰野马，任性地在摇头晃脑中腾空一跃。这次又翻了一番的房价，毫不客气地牵制着师姐的神经，让她患上了失眠症。

若再寻根究底，儿子应该是师姐失眠的另一个根源。不可否认，从小学到大学，甚至读研究生，文气十足的儿子一直是她的骄傲。儿子性格温和、理性、不张扬，事事心里装着别人，一路的成长都树立了一个不可多得的城市年轻人形象。因是独生子，儿子研究生毕业后，按她的意愿返回海口，成为一名普通的白领，拿着一份普通的工资。恰恰是性格原因造成他能力不突显，工作五六年了仍是业绩平平，不显山不露水。有时儿子默默坐在阳台上，她想，那是植物的沉默，是云朵的沉默，缺乏阳光热力的泼溅。但令她心里过不去的一个坎，是那个父母买了她房子指标的儿子的同学，虽然他费力地走完自己的学子生涯，最后仅读了海南某家技术学院就走进社会，现在却又是办公司又是逐势办旅游农庄，他风风火火的高调将自己包装成左右逢源，置身之处无不风生水起。在师姐看来，如果真要将两家做一个比较，十年来，对方不但赚了她一套房子，还造就出一个游刃有余的社会人才。生活生动地呈现出反讽效果，这种逻辑真令人不可思议。她的双手修长、苍白、干干净净，却什么都抓不住。

窗外的夜色弥漫着一种深沉的静美，偶尔有欢闹声和汽笛声飘过，将夜空划出一道倏忽而逝的裂痕。我便在电话里劝师姐，房子涨价是大势所趋，但涨得这样不规不矩，唰唰唰让人满眼疑惑，确实是谁也想不到，你千万不要自责了，何况你当时缺钱应急；你儿子有知识有教养，在熙熙攘攘中实在人做实在事，未尝不是你的福气。当然，我不能进一步与她谈起西方的一个典故，一个人能成为一个好人，便是上天对他最好的奖赏；我也不能这样安慰她，有人潮涨快落潮也快，还不如脚踏实地过日子——这些话语就显得有些自欺欺人了。师姐不断传来“嗯嗯”

的回声，态度随意而语焉不详，让我怀疑自己的说辞苍白乏力，在夜气里轻若游丝。

这些年，社会的精彩蜕变使每个人都有了变化，海韵椰风中的海口更是日新月异。比如我居所旁边的美舍河，原来因污水排放过量而臭名远扬，让人临河叹息，经过一轮又一轮的整治，如今这里河水泛青了，两岸草木葱绿、疏密有致，已成为人们锻炼身体和寄寓闲情逸致的聚集地。前天黄昏我在河边散步，昏暗的路灯下突然有个身影挤出人流，向我迎面走来，竟是多日不见的师姐。我俩互相打过招呼，她脸上掠过一个礼节性的微笑，似乎有话要对我说。但是，我不想在不断擦身而过的人影旁与她絮絮叨叨，就借故先走开了，实在顾不上她的情绪。

当夜十一点多钟，我正在电视机前津津有味地追剧，聚精会神与剧中人物休戚与共，却收到师姐从手机里发来的信息，大意是她对睡眠如临大敌，又担心今晚睡不着了。后面跟着三个皱眉的小圆脸卡通图。

我一怔，却没有足以引起分心。我不舍得断开剧情跟她聊天，就头脑简单地给她发去一个带微笑的小红脸和几个字：愿您安卧，晚安。寥寥几字，草草当成深夜的结束语，明知会令她纳闷或者意犹未尽。尽管此时，我的脑海掠过师姐的身影，她正面带不属于自己的笑容，迈着紧张的步伐。

不见秋天

左中美

毕业那年，我被分到家乡的一所山村小学教书。我带的是一群一年级的孩子。家乡一带是彝族世居地区，平时人们生活中说的都是彝语，在这样的语言环境中，孩子们在上学以前大都听不懂也不会说汉语，只有上学以后才开始从课本和老师那里学习汉语，我小时候便是这样。我带着这群一年级的学生，给他们上课，必须得“双语教学”，每一个词语，或是想要说的某句话，我都要先用汉语说一遍，然后再用彝语告诉学生它的意思，这样，孩子们才会理解那一句汉语的意思，并且慢慢学会使用。

然而，那个秋天，我被学生，或者说被自己给难住了：我在彝语词汇中找不到“秋天”。在那一堂课上，我要给学生讲解“秋天”，但是当我教学生们读过“秋天”之后，却发现在彝语词汇中，没有直接对应“秋天”的，而只有“冷天”和“热天”。对于春天，是用模糊的“花开的时节”来表达的；与之相对应，“收割的时节”就是对秋天的表达了。可是，“收割的时节”还不能表达全部的秋天。收割，那是秋天厚实的背脊，但是，在收割之外，秋天还有许多明媚的内涵，而我找不到恰当的词语向学生解释。

其实在家乡，人们的生活词汇中没有与“秋天”直接对应的词语，并不是一件难理解的事。以我的感觉，汉语词汇中的“秋天”，更注重一种色彩，一种沉静。色彩是视觉的美，沉静是精神的美。美，那是一种心灵或者说精神的形式，是一种高处的欣赏与审视，而我的祖祖辈辈在土地上躬耕，从朴素的土地上谋食，他们对季节的直接感受是“冷”或者“热”。那些在土地上生长的让族人们赖以生息繁衍的庄稼，它们年复一年平静地铺展开的是一如它们一样平凡的生活，它们从不把躬耕的人们抬高到必要的高度去审视这大地的美。在族人们的口中，“花开的时节”或是“收割的时节”，都只是一种与农事有关的时令，而并没有更多美的意指——不论是从视觉上，还是从精神上。

的确，记忆中，我对家乡的秋天并没有更多具体的印象。农人一年的日子是这样的：年后，一段时间的天气晴好，农人们开始选种，整地，撒粪，依着节令育下秧苗。之后，在布谷鸟的叫声中，上山扫墓，祭奠先人。等清明一过，下两场雨，热火朝天的春播春种便开始了。四月末五月初，骄阳如火，农人们挥汗如雨地在地里锄草，一尺高的苞谷在如火的太阳下耷拉着卷卷的叶子。家乡山区普遍缺水，田都是雷响田，种稻没有水的保障，五月末六月初，几阵雷雨下来，一坝坝雷响田里响起了男人们嘹亮的牛歌，之后是女人们弯腰插秧的身影，汗水伴着人们欣慰和欢快的笑声。七月八月，庄稼在走走停停的雨水中一路拔节，抽穗，灌浆，成熟。九月，按正常的年景，庄稼就收进家了，楼上楼下堆满了院子。这时候，地里是一片收获后的疲惫，有的苞谷秆已被砍下背回家，塞满了牛圈的楼上；有的苞谷秆还立在地里，静静回味这一季的成长。十月，终于在疲累中完成了秋种，村里的各种喜事便慢慢多了起来。十一月，杀年猪，在杀猪做客的喜庆氛围中，天气一天天变得寒冷。十二月，备年货——年，终于又姗姗地来了。在这又长又短的一年里，想不出有哪一种色彩，或是哪一种感觉是专属于“秋天”的，农人的一岁，只有明确的付出和收获。从火热的夏到寒冷的冬，在季节的流变里，秋，只是倏忽地，就闪过去了。

又想起在中专学校时，校园里有几株白玉兰。玉兰花开得洁白美丽，花的清香在微风中轻散。玉兰树下的草地上种了许多三叶草，我们又叫它幸运草，因为据说在三叶草中找到有四瓣叶片的就会有好运。那些夏天的傍晚，我们总爱在玉兰树下背书，闻着玉兰的清香；累了，就蹲下来在草地上找幸运草，有时候能找到，有时候找不到。找不到的时候，因为眼睛一直细致地盯着那片草地，到后来，眼前已没有一片一片的叶子，而只剩下了一片纯净的绿。七月，学期结束，玉兰花早已开败，我们匆匆收拾行装，往家奔去。九月开学，一小段忙碌之后，冬天的寒意已然袭来。那些时光，留在记忆里最深的就是夏天的玉兰花和幸运草，仔细回忆起来，在校三年，我竟不记得校园的秋天是什么样子。

如今，工作和生活在小城漾濞。这是一个真正意义上的山水之城。从苍山下来的雪山河水由北向南穿城而下，从西北方向而来的漾濞江如一弯手臂环住小城。四面青山环抱，天空明净高远。在我居住的小区院子里，有一株极大的攀枝花，春节前就挂上了密密的藏青色的花苞。站在三楼家里的阳台上，可以看到那些花苞像一串串黑色的句点串在灰色的枝柯上。年后从老家回来，花便开始开了，一朵一朵的红，醒在春天的阳光里。通常，从一朵一朵的花开，到满树繁花，再到最后一枝凋零落地，大约要一个半月。待到花儿开尽，小城的街上已有人穿上了漂亮的裙装和凉鞋。整个夏天，攀枝花的枝叶如一顶巨伞浓荫匝地，铺满了大半个院子。院子里是县里的老干部活动中心，晚饭后，我常带一本书到院子里去坐。有时候并不看书，就看院子里休闲的老人，或是默默背书的学生，有一种闲闲的惬意。然后，说不清是在什么时候，日子突然变短了。下午下班回来，匆匆地煮饭。吃过晚饭，窗外已是一片朦胧。冷风从开着的窗口吹进来。女儿提醒我，明后天上菜场的时候，记得买一些饵块，晚上在电炉上烤饵块的季节到了。

今天上午，一位朋友从香格里拉回来，让我们看他存在手机里的香格里拉秋天的美景。照片里的景色非常美。朋友在香格里拉工作，与我们在外界的人对香格里拉的神往不同，他对香格里拉的美有一种不必掩饰的眷恋和自豪。他告诉我们，这些照片是不久前拍摄的。看着照片中的山林、草原、湖泊、雪山，让我又回想起今年初春去时的景象。照片中香格里拉的秋天，与初春的雪景有着完全不一样的美。可是，我已然不能到达。朋友告诉我们，他这次回来之前，香格里拉已下过两场雪，气温已降到了零下十六摄氏度。照片中香格里拉美丽的秋天，已经过去了。

中午，我们约朋友在一个山庄吃饭。山庄里有一个鱼塘，塘里的水很浅，一群黄色和红色的鱼在带泥的浅水中不甚自由地游动。我坐在鱼塘边的石桌旁，看池塘对面一排说不出名字的树木。阳光照在上面，树上小小的叶子有的黄，有的红，呼应着池中的鱼。眼前这些色彩的感觉，恍惚像是秋天。但是，站在池边的我已然穿着冬衣，且不时地随着阳光移动。

秋天，又不见了。

雷志，我该怎么对你说

李开义

我久久地伫立在金沙江边。

静静地望着排山倒海的浊浪呼啸着向礁石砸去，甩得粉碎，浪花四溅。在飞沫水雾弥漫中，一瞬间，我仿佛看见一只黑色橡皮舟闪电般掠过江面，洛阳长江漂流探险队云南籍壮士——雷志，你左右挥浆，奋力拼搏，渐渐地，你消失了……

你才 24 岁，加入洛阳队才 20 天，就随滚滚的大江永远逝去了。

那时，大胡子队长王茂军，沱沱河断粮吃草，两名亲密队友壮烈牺牲，都没掉泪的硬汉，脸色铁青，胡子直竖，青筋凸突，掉下大滴大滴的泪。他简直要疯了，操起木浆就要上船，一人独漂，以死相拼，队友死死抱住，一起洒下男儿的泪。

在金沙江船上，他含泪写下《江流千古——名留千古》这篇忆你的文字，用他江水浸泡开裂的粗糙大手郑重地递给我，求我去发表。一翻开字热得烫手，五页纸在我手里立刻使我感到它的分量。可今天，纸黄了，还在我的桌上。雷志，我该怎么对你说。

洛阳队和中国队与虎跳峡展开恶战时你正顶替在丽江水运处工作的妹妹开住宿票。我第一眼看到你时，你穿着发白的牛仔裤，咖啡色的衬衣别在腰里，显得内向、腼腆、忧郁。洛阳队接应队员要住宿，你不讲话默默地为他们打开房门。没碗吃饭，你把自己的碗拿给他们。你和他们坐在一根枯木头上吃饭，静静地听他们讲漂流探险的事。

洛阳队要在下虎跳截船，你不声不响地拿起桨和绳子和他们一起去。隐约听说你想加入洛阳队，因你不爱讲话，就没问你。

1986 年 9 月 21 日，密封船终于闯过下虎跳，胜利通过虎跳峡全程，见到船上飘舞的红旗缓缓过来，有人掉下热泪，你振奋极了。那天，你拿着写满字的纸，悄悄走进大胡子王茂军的房间，腼腆而恭敬地递给他，转身就走了。大胡子一看是你的申请书，“报效祖国，振兴民族，是我的心愿。洛阳队在虎跳峡及叶巴翻船，损失很大，急需桨手，我作为一个金沙江水运工，不但有责任而且也是最合适的。请批准我吧！生死自负。如果我在今后的战斗中牺牲，能找到尸体，就地掩埋。如找不到就让它顺江与水同漂……”大胡子眼睛热辣辣的。他批准了你的申请。

听到这消息，我愣了，平时沉默寡言的你，怎么会有如此的举动？闯中虎跳壮士孙志岭的遗体你看见了，死得很惨，残暴的江水剥去他穿的一切，脸被坚硬的礁石撞模糊了。江水是多么无情而残酷！我去了解你的想法，你和漂流队员张志强修补橡皮舟，一边涂着胶水，一边说等补好船你来找我。11 点半多你也没来，也许忙，也许不愿谈自己。想不到以后就再也没有时间和你交谈了。现在，我后悔极了。

第二天中午，橡皮舟拉到江边，江水摇着橡皮舟。雷建生、龚林正系着船边的保护绳，你在两桨之间系上白色尼龙绳。身后是土黄的江水、高山、蓝天，你戴着别致的“巴拿马”草帽，很俊。我们留影后，我和你握手告别，你的手很热，让你多保重，你一笑，显得更年轻了。橡皮船像江中一片小叶，渐渐消失在远处。万万没想到，这就是你留给我的最后印象。

当我追踪你们到四川省屏山县新市镇时，队员霍学义沉痛地告诉我，你永远去了。我惊呆了，和你一起加入洛阳队的天津青年张志强抱着我哭。他捶打膝盖说：“就死了？！眼看就要胜利了啊！前几天我们夜里10点还在江上漂，吃的是南瓜稀饭……”和你同舟的雷建生，几天不见头发一下白了许多，眼里布满血丝，见我的第一句话是：“请你把他的事告诉云南人民！”我微微颤动的手马上写下你的文字，我不知道，雷志，我该怎么对你说?

队友向我讲述你生命中的最后20天，你是一名出色的队友，从云南丽江到四川渡口，500多公里江段，你是主桨手，凭你出众的桨技，巧驾小舟，在数百个险滩中左右冲突。大浪扑来，你一声："抢！"疾挥双桨，船像闪电刺破数米高的波峰，从中冲出，漂到江面，转危为安。一次，船被一个险恶的侧浪打翻，你和张志强迅速钻出水面，爬上反扣着的船底，两人卧着，他的手和你的手紧紧挽在一起……

你知道号称"滩王"的老君滩就在你前面。在攀钢举行的一次招待会上，你和张志强向王茂军敬酒，你要求在老君滩上船。大胡子说："你是新队员，还年轻！"你打断他的话说："队长，你们不能再死人了，从源头下来老队员只剩 4 人，要保留队种啊！你就让我上吧，就算是替好人死一次也该轮到我了！"三人紧紧拥抱，你和志强流泪了，结果，你还是未能争上。

到老君滩下游截船，见队友闯过险滩，你笑了。

你离去的前一天（10 月 13 日），漂到云南的巧家县，当建生介绍你和龚林是云南人时，一千多群众响起长时间热烈的掌声，人们潮水般向你俩涌来，夜深了，你想到明天将离开云南进入四川，激动和惜别之情，使你顿生一念，你和龚林一起，由你执笔写下了《告云南青年的一封信》，决心不辜负家乡人民厚望，劈波斩浪，直抵吴淞口。第二天，9点25分出发，一千多群众送行，巧家县女副县长拔出手枪，对天开枪数响，为你们壮行。枪声和群众的欢呼声交织在江的上空。你挥手深情地说："云南家乡人民，再见了！"

橡皮舟向两公里多的滩连滩的白鹤滩闯去，两岸山峰笔立，嘶鸣着的大漩涡把橡皮舟拉得几乎直起来，旋转一周半后，陡然反盖下来，桨击中你的前额，同舟的建生、维民和世俊冒雨用桨、用手拼命向你划去，向你呼唤，汹涌的江水将你卷沉了……

在四川省金阳县，一个热血青年，为你写下感人肺腑的诗行，一个小孩悄悄送来山野的鲜花，放在你的棺前。数百名群众，扶老携幼站成四五里长的队阵，向你的遗体送行……

江风沉郁，站在江边的我，耳畔响起你说的两句话：

“是七尺男儿生死舍己，做千秋鬼雄死不还家。”为实现愿望去死，足矣。

大江浩浩荡荡向东滚滚奔去，冲破暗礁险阻，发出阵阵深沉的轰鸣，雷志，这是你随江远去的灵魂，给我的回答？

石匠

高才亮

看到“石匠”这个词，我有一种莫名的亲切感。我的父亲曾经是一个小有名气的石匠。他跟村里一个长辈学，从最初开山破石支砌田埂、墙脚到后面的小磨、手礅、碑石，父亲都做得很好。他用他精湛的技艺不仅担负了全家9口人的生计，还把5个子女当中大的三姐弟供养到高中毕业，其中一个还上了昆明的一所大学，这在20世纪80年代末90年代初的乡村也是件小有名气的事情。

石匠可谓是最古老的职业之一，可以说有了人类，就有了石匠这一行当。从旧石器时代的简单打磨石头到现代的石雕工艺和艺术的完美结合，一代一代的石匠们在不断地传承、发展和创新。有人说，建筑是石头的史书，像哥特式建筑里有名的巴黎圣母院，中国经历了一千多年的赵州桥，无一不是石匠们的精彩杰作！只是到了近代，随着工业的发展，像空压机、冲击机、切割机、雕刻机等新机器的出现，逐渐取代了纯手工的操作，传统意义上的石匠就有了衰败的气象，辉煌不再。

传统的石匠使用的工具有大锤、二锤、钢钎、楔子、錾子、手锤，还有画线的直尺，弹线用的墨斗，测试垂直度的吊锤，更古老的还有煊錾子用的羊皮口袋（作鼓风机用）。每件工具都有各自的用处：大锤和楔子都是开山用的，二锤是砸线用的，钢钎在撬石头时会用到，起杠杆作用，省力。錾子的用处最多，在砸、剖、削、镂、铲、磨时都要用到它。依据用处的不同，錾子有长錾和短錾之分，还有扁錾；楔子有大小之分。

找到石料是石匠的基础工作，有些石头是独立的，他们体形硕大，或裸露或深埋于土中，有些则整座山都是石头。石匠们就根据石头生长的位置或目标的需求来开采。但无论怎样，首先都必须根据石头的纹理，用料大小，用錾子打下一个个的楔眼，加上钢质的楔子，用大锤有规律地捶打，直至楔子的膨胀原理而使石头裂开，成为一块块待用的石料。有了石料后，要石磨，还是石狮子，石匠们就开始了更加艰苦而细致的工作。手握錾子、手锤，或砸或剖，或削或铲，或镂或磨，锤声叮当，一笔一画，一铲一挑，一件件作品，在挥汗如雨中逐渐完成。父亲说，看一个石匠的技术是否到家，不是看他有多大力气，而是要看一些细节。比如錾路是否均匀，石料的四角是否垂直以及煊錾子火候的把握等。而且不同的石具，又有不同的技巧，比如石磨就有“打磨一条线，瘪麦也出面”的说法。有的技术还不到家的打的石磨磨出来的面不均匀，甚至还有不碎的颗粒。真是“行行出状元”。我在小时候就常常听见请我父亲打石头的人们说石头都是听我父亲的话的！据说父亲往石头面前一站，就可以根据要打的石具，用錾子在石头上一画，指出哪儿打个楔眼，用多大的楔子，打多少次大锤，能出多少料。结果石头就随着父亲画的线裂开来，成了父亲要打的石具的料子，真是神了。

石匠这种职业很苦。常常是白天采石、磨料、打制石具，晚上还要煊錾子，把白天磨损的錾子重新打磨锋利。因为很苦很累，一般石匠的食量都比常人要大，当然长期的磨砺，石匠的身体也很强壮，有的力气也很大，甚至成了传奇人物。杨家村有个石匠，被人称为“杨五百斤”，据说吃饭要吃一砂锅，吃肉要吃三大碗。有一回帮人背水泥，什么工具也没用，只用手揽起，一次就背 7 包，超过了 500 斤，绰号由此而来。父亲年轻时的手劲也很大，我亲眼见他帮供销社上车，80 斤重的肥料一只手提一包，还健步如飞，上车时轻轻一举，就放到车上去了。

也许是和石头打交道多了，从事石匠这个行当的人大多谦虚、实在。无论做任何石具，都要求石匠一錾一錾地錾到，来不得半点虚假、浮躁。许多老石匠都会讲一个民间传说来教育徒弟们要踏实、谦虚，不要骄傲。说的是很久以前，有个石匠，手艺高超，远近闻名，大家也都佩服他。渐渐地他自己也高傲起来，认为自己的手艺无人能及，还喜欢向人夸耀自己。有一天，石匠正对着许多人夸他自己的手艺如何高超，却突然听见一个比他年轻得多的小伙子说：“您别这样夸耀自己，毕竟天外还有天呢。”这石匠听了很不是滋味，心想，哪儿来的毛头小伙子，敢来教训我。嘴上就说道：“莫非你还懂得石活，看你这瘦不拉几的样子也不像个石匠啊，要不咱们来比比？”小伙子看了石匠一眼，不急不恼地说：“行啊，那就比刻碑文吧。”石匠先干，他把一纸楷书碑文贴在石碑上，叮叮当当，一会儿就刻好了。活计干得很好，那些字刻得笔笔匀称，秀丽端庄，丝毫不走样，众人齐声叫好。再看那年轻人，只见他当场请人现写了纸草书碑文，写好后，他默默地看了几遍，随即把那草书碑文交给别人收好，自己拿着錾子，抡起手锤就干起来了。不一会儿，石碑就刻好了，只见那碑上的字刻得龙飞凤舞，而又干净利落，更使人惊奇的是，那字和纸上的字对比，大小、章法、布局分毫不差，刹那间掌声如雷。那石匠心想，莫非石碑刻字恰是他的强项，得再比试一样别的。随即捡来两块一样的石头，对小伙子说：“咱们再比试一场别的，就用这两块石头，一人刻一样东西，三天后在这儿看谁的东西最好。”三天后，按规定的时间，他俩同时带来了各自的作品，满村的人都来看热闹。石匠打开的是一条石头链子，只见这石链环环相扣、活动自如，团起来有一捧，拉开八尺有余，且只只链扣没有一个接口，显然是一块石料做成的，果然好功夫！众人随即都来看那小伙子如何表现。只见小伙子把一个红布包轻轻放在石匠手上。石匠打开一看，一下子惊呆了，那是一个石算盘，粒粒石珠只有指肚大小，拨动起来很灵活，算盘边上还刻有四季花草，13 位档柱上下没有一点缝隙，也是一块石料做成的！俗话说，不怕不识货，就怕货比货，各自手艺高下立判，石匠也不得不佩服年轻人的手艺了。

这个故事家喻户晓，甚至上了一些版本的教材。看来无论什么行当，对技艺的追求都应该是永无止境的，对从业者来说，自身的品德修养与自身技艺的高下也存在着相辅相成的关系，用武侠小说里的话来说就是高尚的品德修养必然能够修炼成高深的武功！

暖冬里的味道

朱华胜

朋友吕正云从他家发来位置，导航把我们从城市拉进山里。正午的阳光把树林撩拨得亮亮的，大地也被太阳抚摸得通红，连枯草也是一抹羞色。红光挤进车里，染红了我们。车里有一对双胞胎，她们最红，像地里长出来的两根胡萝卜。

20 摄氏度的温度最适合在山里穿行。天蓝得让我觉得像在动画片里。白白的石头铺就的山路，弯弯绕绕。

一行九人，两辆车子。我们要去吕正云的老家，吃杀猪饭。其实我心里有一件事没对众人说，我此行还有一个愿望，就是要看一个人。一个放羊倌，也就是吕正云的堂哥吕正文。

那是一次闲谈，从吕正云口中得知吕正文如何由穷变富的，现在他养着近两百只羊，村里数他家的羊多。还种着地，活多也忙不过来，只得起早贪黑。当我听到吕正文晚上打着手电筒在地里做农活，我被感动了，他让我敬佩，我一定要见见他。

车子钻进山里。“湖！”这对双胞胎不知是谁先喊了起来。

心有灵犀般，两辆车同时停住。我们往湖的方向奔去。站在湖边，我竟有些恍惚。那一瞬，我觉得这不是湖，像是蓝天被剪下一块放在这里。

一丝丝风都没有，水很清、水面很静。我们突然到来，打扰了在湖里睡午觉的几只水鸭，它们直起身子，先是一愣，很快扯开翅膀。哗啦啦一阵水响，水鸟飞掠而起，落在水中央，挨在一起，叽叽喳喳地，打量着我们。

没人说得出这个湖的名字，只好微信问吕正云，方知叫黑潭河。“不对啊！”我脱口而出。你看，天是蓝的，地是红的，树是绿的，石头是白的，水清澈明朗，与天一样。为什么叫黑潭河？

我们绕到前面才发现，这是一个水库，路从坝上过。黑潭河以前是一条河，后来才在窄处筑坝积水。穿过黑潭河，吕正云在路口等我们，他老家水井坪到了。

水井坪村不算大，农户房子几乎都是现代小楼了，一栋栋散落在不大的坝子里，四面环山。往北翻过一座山，就是乡上菱角了。往南翻过一座山林是黑潭河，往西是海峰湿地。吕正云说，这一片都属于海峰湿地保护区范围。

吕正云家位于村子东北角，房子前是一大个场院，够停四五辆小车。

进院子的路口处挖出一个坑灶，里面黑乎乎的一堆，是柴火燃烧后留下的。坑灶旁边有一些苞谷秆，那是用来垫着烫猪毛的。

他们就是在这儿杀的猪。

房角，大锅里，猪肉划成一吊一吊的，用盐巴揉好，放在里面滤血水。这些都是来年吃的主菜。猪头已从中间划开摊平烙好，只等过年时煮熟。农村人有个习俗，过年那晚要用煮熟的猪头给天神地神水神灶神等各路神仙磕头，图个吉利，来年平安如意。

两个男人围着一口大锅蹲着，正在翻洗猪大肠。粉肠已装入锅里煮着，小肠、猪肚洗净挂在树枝上，在太阳下闪着油光。厨房里，女人们正在忙着，叽叽喳喳的，时不时有笑声、说话声伴着阵阵香味飘出，像黑潭河里的水鸟一样。

主人都在忙着，我们帮不上。我趁机对吕正云说：“你堂哥家在哪儿？”

吕正云笑笑，明白我的意思，指指后山上说：“白天都在山上放羊。”

后山，山顶直冲云霄，不长树，尽是矮棵灌木丛。山脚以松树为主，直直的、高高的一棵又一棵。村子边的树保护得这样好，我觉得生活在这儿的村民很了不起。红红的土地上落满了松毛。块块石头从红土里长出来，光滑白洁，有人高，一排排地，往山上延伸而去。

我问吕正云：“这山叫什么名字？”“牙齿山。”双胞胎中的妹妹突然说。

尽管吕正云说这山叫大冲，但我还是认为孩子说的名字准确形象。这土不就是红红的肉吗，这石头的形状不就是一颗颗牙齿吗？应该叫牙齿山，我对小孩子竖起了大拇指。

半山腰，传来咩咩声。“羊！”孩子们先喊了起来。

抬头循声望去，哇，这才发觉山坡上有好多羊，不下两百只吧，尽是黑山羊。这应该就是吕正文家的羊了。

我快速往上走。羊见了我就如没有看见一样，依然低头吃草。一只小羊竟然踩在我脚上，嘴凑在草上啃着，咀嚼着，黑黑的弯弯的两只小犄角十分可爱。另一只小羊更小，紧紧贴着一只大黑羊，应该是它的妈妈了。小羊不去吃草却趁它妈妈吃草尖尖的机会，跪下前腿，用后腿支撑着身子，在大黑羊腹部蹭来蹭去的，原来它要吃奶。吃奶时小尾巴不住地摆动，好像很得意的样子。似乎大黑羊要给小羊断奶，头一蹿，闪到羊群里去了。两只大黑山羊“哥们儿”，面对面站得稳实，紧盯对方，陡地前脚同时收缩，顶向对方。“嘭”一声响，头与头、角与角撞在一起，分不出输赢。旁边一只母羊双眼水汪汪的，骨碌转动着，浑身柔绒的黑毛，像涂抹了一层天然松黑油。原来是为这位羊仙女而战呀！更让我饱眼福的是在坡上方的一块大石头上，站着一只更大的黑羊，远远望去，羊角是挂在缓缓流动的白云上的。

大松树下，一个中年汉子拿着一节长竹棍，人靠在树干上，眼睛盯住羊群。“他就是我堂哥吕正文。”身边的吕正云对我说。

走近，细细打量。吕正文与我高度差不多，穿一件败色夹克，里面套着灰色毛衣，黑色裤子高高挽起，解放鞋底粘着红土。人偏瘦，古铜色肤色，头发蓬松略卷，眼睛很有神。他笑盈盈地说：“在农村，靠山吃山，靠水吃水，要立足本地实际，勤劳苦干，就能过上好日子。”

吕正文本是招亲进水井坪的。那时，很穷，日子不好过。几十亩土地，种是种了，却怎么也富不起来。吕正文绕着村子走，大脑也在运转。有山有水有草，天然的养殖场，何不养几只羊，逢年过节自己有吃的，还可以卖了搞点零花钱用用。就这样，一只，三只，十只，二十只，一百只，卖了买，养了卖，卖了再养，就这么养起来了。

问题又来了，养了近两百只羊，还要种五十多亩地，吕正文一家人忙得过来吗？他家就真忙过来了！

平时，早上在地里忙，午饭后到山上放羊，夕阳落山时，赶着羊群回来吃晚饭。晚饭后喝杯茶，又到地里。

农活是讲究节令的。栽种收割必须赶时间，譬如耕种，只有那几天适宜，他就请人帮忙。日常打理，譬如除草、浇灌、收割，他与家人就起早贪黑地忙活。很多时候天黑了，他就打起手电筒照着，做完当天的活计才回家。

就说今年吧，得知要下雨，还是连续几日的阴雨、冷雨，苞谷不收回来，就会烂在地里。吕正文与妻子便连续抢收了好几个夜晚。

夜幕降临，苞谷地里沙沙响个不停。吕正文与妻子背着大背篓，左手拿着手电筒，右手掰苞谷，掰一包就丢入大背篓里，背篓满了，就往家里送，然后又赶往地里。妻子道："你看星星明晃晃的，月亮白生生的，怕天气预报有误，明儿天再来掰吧。"吕正文说："你累了一天，掰完这一篓你先回去休息。我收完就来，只有最后一块地没收了。"没想到妻子送完这一转又回到地里来，说："你不休息，我也闲不住。"当最后一包苞谷掰了下来时已是半夜。果然，第二天早上拉开门，乌云翻滚，雨哗啦哗啦，停停下下，等再开晴，已是十多天以后了。

这样累，受得了吗?

庄稼人，不累还行吗？还叫庄稼人吗？但这样再累再苦，心里都是踏实的。如今盖起了新房，铺起了地板，房间安起了顶灯，买来了大电视，有了手机。我觉得，这日子实在。

实在！人活一世，不就图个实在吗？

“堂哥的这群羊值三四十万呢，日子过得飞了起来。榜样的力量是无穷的，村里人羡慕，受他的启发，很多人也搞起了养殖，日子也红火了起来。”吕正云悄悄对我说。

吕正文挂在嘴里的话就是，懒汉就是穷汉，好日子不会从天上掉下来，先苦后甜，勤劳长出幸福的苗子。

阳光下吕正文的背影，竟与山一样实在、坚强。

下得山来，饭熟，菜好。丰盛的杀猪饭总会让我想起我的老家，也是这么热闹，只是菜有些区别而已，但几样主菜却是一样的。炒瘦肉、煮墩子肉、炒旺子、炒血辣子、油炸排骨、油炸洋芋片、荞丝、花生米。

杀猪饭菜的肉香味是纯正的，很实在，是农村特有的，是城里人羡慕的。

吃杀猪饭，少不了喝酒，而且是用碗喝。我们喝酒前商量定了返回时开车的人。开车不喝酒，喝酒的不开车。

吕正文也赶来了，还是那么笑盈盈地。

正屋里，我们推杯换盏，你来我往。大口吃肉，大碗喝酒，行酒令，还唱起了敬酒歌，十分尽兴。

我们闻着肉香而来，带着肉香而归。酒醉，肉醉，情醉，人醉。

醉在这个暖暖的日子里，实在。

睡眠的青铜剑

马海

入冬的宁蒗小凉山，开始进入一段漫长的寂静时光，如一个沉睡的高原汉子，胡须遮盖了古铜的脸庞。他耳畔拒绝候鸟的啼鸣和蜂飞蝶戏，头颅之上，只剩苍鹰的盘旋和乌鸦的喊叫。是的，六百里小凉山，此时让追花逐梦的养蜂人告别了野花灿然的秋日，驱车带着蜂兵下了高原。剩下土著的牛羊和牧犬，在栅栏外的冻土带，踩着冰霜寻找坡地薄薄的一缕阳光。我就在这时节随云南省考古研究所的考古队伍进入了宁蒗。我记不清是第几次踏上小凉山的土地了，但过去每次都是怀着对苦寒的书写来这儿，收获一腔苍凉而回。这次，居然是要抚摸宁蒗土地深处沉睡了两千多年的青铜器，滇西北的文明大发现破土在人们认为最荒凉的小凉山。宁蒗县城北隅一个叫干坝子的地方，一块三百六十亩的缓坡被划进保护带，在考古队锄、铲和刷子缓缓地纵深推进下，若干青铜剑、斧、钺、戈、矛、胄甲、金器、陶器现身十几米深的墓坑，沉睡了两千多年后重见阳光。初步鉴定出土文物是战国至西汉的军队遗物。发掘的仅是墓葬群边沿地带，核心墓室还远远没有触及。墓葬的主人是谁？我翻看《蛮书》《华阳国志》等离此最近的古代史书，以及近年的《西南民族史》，对小凉山区域在西汉之前汉文明军队介入的记载几乎为零。这更增加了这块土地的未知性和神秘性。当上百件形制不一的青铜剑得以出土，呈现在考古队成员面前时，一种颠覆各自史学知识的坍塌感暴起。如此大规模的军队墓葬，以及重叠打破的墓坑关系，让这一段地下历史前后拉锯了几百年。战国至西汉的器物都在不同深度的墓坑中露出面容。一段沉睡的历史被偶然喊醒，却留给了大家无数的谜团。

其实在几年前，宁蒗干坝子、翠依等地都有青铜器出土，当然发现者无一例外是盗墓贼。在干坝子墓葬群中心区域的几十个盗洞就是他们所为。在考古界，人们都戏称盗墓贼是考古祖师爷。中国的盗墓史始于西汉，这个民间“学科”远远早于考古学。不同的是盗墓的唯一目的是得到有价值文物，而考古发掘还要担负历史研究、资料档案的建立。宁蒗干坝子墓葬的一些盗洞深得惊人，是从河畔平着进入，用木板防流沙的盗掘方式潜入墓葬核心区域，深达几十米，盗洞在地下七弯八拐，像犬的嗅觉，跟随五色土潜行，最后寻找到“沉睡”的文物，在月黑风高的夜晚，逃离四方。因为前几年邻省盐源县盗墓团伙流出的文物在市面被缴获，最后追查下来文物的源头是宁蒗，才吹响了干坝子考古发掘的序曲。盗墓贼丢弃的部分青铜器，包括几把朽坏的青铜剑，率先被从盗洞外拿回了博物馆。

考古发掘穿过了宁蒗小凉山整个漫长的冬日。深达几十米的墓坑里，每天在梯子上上下往返的考古人员，将各种深眠的远古器物小心地送出，进入博物馆——另一个时光的容器。每一件器物，出土后都有一段短暂的露在阳光下的时刻。它们在我眼前，就是时空的飞箭，正中我的被21世纪尘染的眼睛。尤其是青铜剑，泥土拭净后，铜绿斑驳，古雅的形制，似乎携带着入土前随主人征战的峥嵘。其实，它入土以后，就已随主人在地下越走越远了，甚而沉沉睡去，不准备再醒来。青铜剑随他的主人曾嗜命饮血，在军队与早期游牧民族之间杀伐浪迹，当狼烟在马蹄上逝去的时候，青铜剑也累了，随主人的遗体长眠地下。它的睡眠属于一段尘封的历史，两千多年的地下长眠，谁知它还要从睡眠中醒来，以一股剑器的气流冲击世人？

我从墓坑中走出来，蹲在土堆上静静地享受着高原天空流泻在我肩头的阳光，它的干净悠远，让我深深迷恋人间的一切。我开始在大脑里沿着文字给予我的信息，追溯青铜剑的历史。青铜剑最迟在商代晚期已经出现，但具体始于何时，目前尚无确切的发掘资料可证。根据考古发现，西周早期的青铜剑形制已相当成熟。但那时的剑的尺寸较短，通常在 20 ~ 30 厘米，呈柳叶形，类似于今天的匕首。商代到春秋时，战争以车战为主，因此较常用的兵器是戈或矛，剑只在近战或肉搏时使用。春秋战国时期，吴越崛起，争相称霸；楚霸王欲吞江南，于是，战火蔓延到了江南。南方河渠密布，战车无法施展身手，步战、水战逐步取代了车战。短兵相接的战斗日渐频繁，剑作为近身作战的得力兵器，越来越受器重。剑的形制有了新变化，由柳叶形变为脊柱形。由于增加了脊柱，剑身得以大大延长。春秋中期以后，剑身的长度和宽度明显增加，剑长多在 50 ~ 60 厘米，剑宽 5 厘米左右，战国晚期有的青铜剑达到了 70 厘米。剑刃前部向内侧收缩，呈弧曲状，从而大大提高了剑的杀伤威力。这时的剑已成为军队近战格斗的一种常规武器。战国时秦国的青铜剑，剑身更加明显地加长而且变窄，最长者达到了 94.8 厘米，是秦人对剑的改进，称为“秦式剑”。古代铸剑技术高超，著名的铸剑大师如：欧冶子、干将等人，铸就了“干将、镆铘、湛卢、巨阙、纯钩、龙渊、太阿、工布、鱼肠”等千古名剑，即使实物不存，但仍令我们心驰神往。《吴越春秋》中记载薛烛评纯钩剑：“光乎如屈阳之华，沉沉如芙蓉始生于湖，其文如列星之行，其光如水之溢塘。”此外，太阿剑“巍巍翼翼如流水之波”、工布剑“文若流水不绝”，以及龟文、缦理、列星、溢水、冰释、高山、深渊、水波、珠衽、流泉等形容，均是指剑身上的折叠花纹，今天，当我们看到古剑上的纹饰时，才体会到古人所言非虚。目前出土的剑之极品，是1966年在湖北江陵望山1号楚墓中出土的一把越王剑。这把剑出土时完好如初，制工精美，锋刃锐利。剑身长55.7厘米，上面有菱形的暗纹，并有八个错金的鸟篆体铭文："越王鸠浅自作用剑"。"鸠浅"就是卧薪尝胆、灭吴复越的越王勾践。这把剑集中体现了春秋晚期以来青铜剑的共同特点：剑的刃部不再平直，而是中段内收，前端较宽，由宽处再次向外凸并前聚成锋，呈一种弧曲的形状。这说明，那时候剑的使用注重直刺功能，而不是砍斫。勾践的剑历时两千多年，仍然锋利无比。秦始皇兵马俑中出土的秦式长剑，有大量碎片压住青铜长剑的实例，移开碎片后，长剑立即反弹恢复原状，可见这种青铜剑韧性之优良。战国时期是青铜剑发展的一个高峰。青铜剑不仅是实战兵器，也是身份的象征。秦汉时期，随着生产力的发展，铁制兵器的出现逐渐代替了青铜兵器，剑已逐渐由刀代替。这是因为当时战场上骑兵已成为作战的主力。马上作战不适宜使用长剑直刺，更多地靠挥劈砍杀。这样一来，尖长剑锋的作用明显减弱，即使这时出现了钢铁制作的剑，但由于剑的剑脊太薄，吃重很小，在实战中往往容易弯曲、折损。另外，在骑马飞跑的同时劈砍敌人，剑身两侧的刃实际只能使用一侧，另一侧发挥不了作用，况且制作这种两侧出刃的剑，工序复杂，不宜于大量生产装备军队。所以此后铁刀逐渐代替长剑，成为军队中大量装备的短兵器。青铜剑也逐渐退出实战，在汉代末期完全退出战场，但是它的象征意义却从未在中国人的心目中褪过色，佩剑依然是达官贵人必不可少的装饰。《晋书·舆服志》载“汉制自天子至于百官，无不佩剑，其后惟朝带剑，晋世始代之以木，贵者犹用玉首”。及至晋代，真剑逐渐退出历史舞台，大臣上朝象征性地佩戴木制玉具剑，一般人则佩戴金银、乌龟壳、蚌珠等物装饰的剑了。冷兵器时代已杳，但是剑文化却依然焕发着其固有的独特魅力。时至今日，我们随处可见流缨飞彩的舞剑者，剑也作为一种高雅的饰品悬挂在厅堂。

我特别迷恋结着绿锈的青铜器。参与文博工作以来，我常常在静穆高阔的博物馆展厅，隔着玻璃墙贪看青铜剑的神采，它多次给予我写作的灵感和飞动的幻想。青铜剑是和时光较劲的金属器。好像它只是埋进土里睡了一觉，翻个身，几个千年唰唰唰就划过去了，它就老了。而且比老还老，是古老，就从此饥饿地空着，一旦重见天日依然可以吹发即断，割伤世人仰视的目光。青铜剑像化石一样被人参观、评点和研究，没人敢用它，没人想用它，也没人舍得把它当普通器具使用了。被闲置的青铜剑身披了一个神秘的名字叫文物，多了一身美丽的绿锈花，就跟老人的一头白发和铜钱斑一样。其实青铜剑身上绿锈是死去的时间碎屑，把时间击败是光荣的，这锈蚀无损青铜剑的威风，反添了华彩与持重。

原本凉气逼人的小凉山冬日，在两三千米的海拔寒威之下，天欲雪。蜷缩的牛羊纷纷归于寨子。考古队员已经被朔风塑造成西部汉子，在风沙里扬起凌厉的乱发。我看到安静的青铜剑，在小凉山四合的暮色中暗了下来。我内心也有凉意隐隐袭来，就想起权倾朝野、酒林肉宴、阴谋权变与血雨腥风的历史厮杀。那个时代，青铜是贵族的专属。傲慢地摆在高屋华堂之上，从整套的祭祀礼器到日常生活的各类酒器、食器、乐器，还有兵器，是钟鸣鼎食之家的排场，是攻城略地的工具，也是残酷的刑具。而今天，青铜沉睡在高原平民日日耕种的土地之下。浑厚凝重的造型，繁多的品类，或简单的，或精美的，或狞厉的铭纹，都显出它的尊贵、庄重，还有雄性和权力的符号特质。青铜时代，距离我们这个工业文明轰天炸地的时代实在太远了。影视作品里响起的编钟与编磬相互配合的古乐声，悠扬的乐音中，朝代飞快更迭，江山频繁易主，整个青铜时代的风云变幻，像茫茫荡荡的洪水一样，随着铁器时代的到来，终于呼啸流过，成了飞逝的一抹暗色。而现在，漫长的铁器时代也已经挽歌绝响。我坐在大西南小凉山的土堆上，抚摸青铜剑，遥想中华的浩荡。人类生活，就在发现中充满神奇。就如这次进宁蒗，又是一次史书上没有的历史课。

离开宁蒗的时候，考古队还在继续发掘，继续向土地纵深潜行。我突然希望那些青铜剑继续留在泥土深处，延续它们的睡眠。把人类曾经因贪婪、仇恨而发生的流血与流泪的战争统统带走，永远睡去不再醒来。青铜剑累了，就躺在土地中。事了拂衣去，深藏功与名。继续它的梦，延续我们的梦。

湾桥，湾桥！

那家伦

正是酷夏，少见的热浪，使北京城的地表热度可以烤熟鸡蛋……

而大理，却仍需着衬衣与外衣出行。登上湾桥来接的车，下关还飞落着蒙蒙细雨，使夏日更有舒心的凉意。于是，便沐着春风，迎着一片葱翠，由高速公路飞向大理。地里所有的庄稼都在伸枝展叶。山上，所有的枝头都在舒瓣吐艳。洱海上，所有的桅帆都在鼓风前行。

经历了干旱的大理，又是一个丰收年。不仅仅是庄稼的丰收。我更想获知的是绿色的更重要的丰收。洱海，经受了旱灾缺水的严峻的考验，由原来的Ⅲ类水质，提升到总体保持在Ⅱ类的水质。这一类之差太重要了。Ⅲ类是临界点，只是及格，再下降一类，便不合格了……

前些年的蓝藻暴发的现象，难以忘记。

更难忘，把青春与生命寄托予云南的冯牧先生的著名语录：“洱海蓄积的不是水，是文化。”洱海清，大理兴。最兴是绿色文明。

车近湾桥雨没了。原来，湾桥本无雨，情拥游子归。一脚踏上湾桥的大地，这块巍巍苍山莲花峰和白云峰下的翠玉般的境地，心就醉了。它天蓝得透莹、地绿得兴旺。它受到从苍山直扑而下的锦溪、茫涌溪和阳溪的终年不竭的深情浇灌。三股淙淙溪河，像美丽女儿，淌过丰饶大地，直扑洱海母亲的深情怀抱，又浪泊田涯，滋营荫华。这使湾桥，村村流溪，户户滴翠，花扬墙棂，全是一个花园境地……

蓝天下，屹立着一个伟岸的身影——抗日名将周保中将军，他高大生动的铜铸全身塑像，就铸塑在苍山之麓的214国道边上。将军面向东方，天天迎接朝阳，向祖国倾注着无尽的情爱，镇守着秀美的山川。

民族英雄周保中将军，是白族人民和湾桥乡亲的骄傲。他少年忧国从军，投身辛亥革命，在北伐战争中屡建奇功，成为将军。在大革命失败后的白色恐怖时期，他毅然投身中国共产党，从此，一生忠于党和人民。在抗击日寇的艰苦卓绝的岁月，他在东北前线，领导了残酷至极的斗争，在冰天雪地中统率抗日英雄部队，转战白山黑水，血斗林海雪原，夺取伟大胜利。敌人悬赏他的金额，从五万大洋、十万大洋，一直提价到“一两周保中的人肉赏一两黄金”。在残酷的血与火的斗争中，他轻伤难计，危及生命的重伤达五次之多。他腿部负伤，仍然坚持带领部队冲锋。他在没有麻药的条件下，以钳子探入伤口，夹出弹头。直至今天，东北大地依然流传着他的英雄故事，那一处一处以他的名字命名的地方，纪念着他的不朽……

云南人民和白族儿女为了永远纪念他，深情地在他的家乡湾桥，修建了“保中园”，陈列展览他的光辉业绩。走进这个爱国主义教育基地的人络绎不绝。一个个坚握的拳头高举，铮铮誓言，化作精神之力，将会催发千万物化的鲜花……

我犹愿记铭的是，将军写在抗日烽火中的抒志诗：“生世若许慢悠悠，众人搏击争自由。好花繁盛二三月，叶落枝枯八九秋。美酒佳肴难得醉，除尽倭寇方解愁。玉洱银苍远万里，白山里水任奔流。何时尽除倭寇去，佩剑铿锵渡瀛洲。”诗言志，豪情壮志出佳诗。

将军这首著于“九一八”事变后的诗，我依稀记得少年时在另一位滇军将军的书房中见过。他是我的大伯父那博夫。同为乡邻，他与周将军同时代远别家乡，开创豪壮人生。同为滇中早期民主革命军事家，他们在奋勇统兵征战中，结下深厚情谊。

周保中礼遇这位耿直的乡友，曾在东北烽烟中几次致函大伯父，邀他北上抗日。这点燃了大伯父心中那团不灭的烈火。

两位乡友再见，是新中国成立后的盛春了。当时，返滇的周保中将军，还有一个职位：云南大学校长。大伯父就寓居于大学校门旁的青云街。他们劲手相握，胸中风云滚滚勃发呵！

于是，20 世纪 80 年代在京工作时，我和为周保中著传的作家杨苏一起，前往拜望将军夫人王一知前辈，紧握她的手时，我想：这是代表长辈对周将军的回拜吧？时光已然飞越几十载，祖国展现新诗篇……

诗的湾桥，自古出诗。怎能忘却湾桥下阳溪的明代大诗人杨黼。在大理这片诗的热土上，历来文人辈出。明代的四五十位诗家中，杨黼就是不能力拔头彩，也当属佼佼者。他的重大贡献，即是为人间留下了一块原存于喜洲庆洞村圣元寺观音阁的“山花碑”。此碑至今完好地存于大理市博物馆内。

就是这样一块历经五六百年的古碑，引发了从近代到当代长达近百年的学术大探索，也为历史保存下了很珍贵的学术资料，我们还将探索下去。

这块奇碑镌录的是杨黼的一组以“山花体”写作的诗歌，它们衷情地歌咏了苍山洱海的美丽神奇；它保留下了丰富的原始自然和人文信息。

所谓“山花体”，即是由《五代会要》最早记录下来的一种白族广知的诗词体例：大长和国郑仁旻时曾送后唐庄宗“上大唐皇舅书一封，后附彩签一轴，有转韵诗一章三韵，有类击筑词”。

山花体式能千百年保持不变地流传至今，与白族人民历来尚诗能唱有关。句式通常为四句的山花体，前三句各七个字，后一句五字。这“三七一五”的句式，一、二、四句要押韵，这才使传统的大本曲调上口好唱。由于白族没有形成文字，山花词都是以汉字记录白语撰就。字为汉文，却需用白语来读。有的汉字明明是不押韵的，用白语读就押韵了，唱起来更是韵味十足。这种以汉字记录白语的文体，还自创了一些文字，从元明时代起，被一些白族文人称作“白文”。在杨黼的“山花碑”就有一些自创字。这些自创字，再加上语言的活泛演变，使研究增加了难度。只要想想我们几十年中语言的激烈变化就明白了，一些词语死亡了，一些鲜活的词语又诞生了。有的词句却变义了。“山花碑”存在不是几十年，而是已经几百年。它更历经了几个朝代的生活和语言变迁。

“山花碑”具有谜样的神秘，使杨黼更具神秘感。他出身高门。他的祖上是南诏的高官。他的祖父官至元末的元帅。

杨黼一家几代人从唐代起都与圣元寺关系密切。圣元寺就是他的祖上主持创建和修缮的。他又遵父命“修理本山，以为观心守道之所”。“山花碑”主要就是记述他在圣元寺的精神生活。这组题作《词记山花·咏苍洱》的诗歌，共20首，每首4句，共80句。

说杨黼神秘，是因为所有关于他的典传史记中都使他充满神幻异彩。他的生命仿佛是由神话传奇构成的。我所知道的关于他的几十个传说，几乎个个都很奇幻，有的甚至出仙入道。而这些传说，在他的祖籍下阳溪流传尤广，历经岁月沉淀加工，也更彰生动……

披着五台峰峦的馨翠荫幛，奔进下阳溪的怀抱里的杨黼故居桂楼时，院落里，天井满目桂树生华，厅堂随处墨吐浓香。

原来，这里现今是下阳溪诗书画协会所在地。这个村级艺术协会，却名声极盛，连美国、英国、日本的文人学者也曾前来拜访和交流学问。人们惊叹一个只有600多户、2000多人口的村落，竟然有以百位数计的民间艺术家和诗人，真是蔚为壮观。它反映了白族文化底蕴的深厚，人民文化热情的高涨。而这些民间艺术家的功底和造诣又是举目可见的。厅堂中的墙壁上挂满了裱衬工整的字画，一幅幅都是他们心血的本真流露，有些达到了很高的水平。

寻着香烟，拾级而上，便到了楼上。这里是虔诚供奉杨黼先生的庄重殿堂。堂上长明灯不熄，供果新鲜，香火永燃。

杨黼先生是不朽的。因为文化不朽，民族文化的精神不朽。

岁月使杨黼先生自然腾升为神灵了。因为人民认为识他作人，已经有失崇仰，必须将他举奉为神方够尊重。

所以，他的多少神幻传说，都是人民根据本源生活，以丰美的想象再创造后的赐予。人造神是造不出神的。人民造神，是对理念与生活的升华后的艺性表达……

这里，天天有人来跪拜。

跪拜也好，宣誓也好，都是表达敬仰，在敬仰中同时获取，获取力量与智慧，从而去完成对生活和历史的开拓与创举。

“黼”是什么意典？翻开词典，它竟这么普通：古代礼服上绣的黑白相间的花纹。杨黼先生，是刻意“绣”到“礼服”上的黑白相间的彰显是与非的“花纹”。绣，属有心；礼服，体现庄重；花纹，表述寓象……

走出这既普通而又丰藏的院落——桂楼，放眼望去，整个白族聚居的村邑，户户墙面都是圣洁、醒目、惊心、柔洁的白与黑。白的是没有一点杂质的墙面，黑的是细致构描出来的花纹……

杨黼先生活着，他分明活在白族崇善的白的光明世界里，他分明活在用以衬显人生白和精绣生活黑的花纹里。

先生一生奋笔。据李元阳说，他“以方言著竹枝词数千首”。然而，它们大多失于乱世。除“山花碑”，我只能拜读到诗词两首：《桂楼歌》《川晴溪雨》。

山前处处晴，山口溪溪雨。蓦来溪涨石梁平，朝墩照映山容古。东菑莳秧水绕田，西畲刈麦日才午。戒我妇子勿失时，一年租税输官府。使君行县羡民淳，往往向人称乐土！

苍山不老，洱海永载。换了人间。杨黼时代，云南许多地方还是奴隶制社会。而今，七彩高原早已是丽日普照、民族团结的民淳乐土了。

湾桥连年丰收，人民却不需输租税，种田还有种种补贴。乐土上早已没有“官府”，只有全心全意为人民服务的公仆。

村子里就流传一个当今公仆为民服务的真实故事：他多次从自治州办公的龙山，风尘仆仆，急迫地直扑村落。为获取真实直接的情况，他不告知层层人员，亲自走入村道，遍访老弱，足踏阡陌，走遍了每一条巷道，熟悉每一条水路，从而也就能详尽而恳切地握着乡亲们的手，道出了他思考的种种发展生产和改善生活的建议。

他的脚印留于村土，他的话语便留在了乡亲们的心里……

在湾桥这片秀美的 63.8 平方公里的丰饶大地上，有苍山十八溪中的锦溪、茫涌溪和阳溪欢情地直奔而泻，滋润着大地的活力。颇具象征意蕴的是，丰美家园的两边，被茫涌溪水电站和阳溪水电站热情地紧紧拥抱。它们，使这处得天独厚的鱼米之乡的稻、麦、菜、果、花、奶，都名传四方。

在上阳溪村中可以说一尘不染的村街上，迎眼可见刷得洁白的墙上画着本村的“四大支柱产业”——乳牛，烤烟，大蒜，冬瓜。去年，它们全都丰产丰收。乡亲们兴奋地告诉我，仅大蒜就收入 600 万元，户均 1 万元。全镇粮食总产量达 14480 吨，人均占有粮食 558 公斤，农民人均纯收入 4093 元。

洱海边的古生村里建于清代的古戏台旁，生长着一株茂盛繁密的大青树。它的枝叶密实得遮住天光，它的树身恐四个人伸臂才能合围。最奇异的是，它的一条条着入地后的气根，又紧紧地与树身长在一起，使它更显劲力，永生不倒。它是村里人崇仰的风水树。它以五百年以上的生命见证着历史变幻和新生。

正是一株株大树伸向碧天的郁绿，把我迎向洱海边。风抚新浪，泊声微微，鸥鹤翔滑，波荡粼粼，朵朵白帆若幻影缓缓移过眼前……

然而，几年前，这里还是污泥秽物弃置的臭海滩，勤劳思变的湾桥人把它变得像花园一样。沼气的开发，厕所的改建，污物的管制，污水的净化……使洱海变得更美了。

而另一个乡村污水处理项目，已在湾桥施工且即将完成。它完工后，可日处理200立方米污水，而且成本极低。处理后的污水可以达到一级A标标准。这一分散型生活污水处理项目，可使451户、2600多人受益。它的逐步推广，将使洱海水质进一步改善。

此刻，我想到一个细节。我们在大丽路旁一家小餐馆吃午餐时，使用的竟是密封包装的全套消毒餐具。它是以高温磁化水清洗、臭氧水喷洗及红外线消毒过的。我以为这样的设施只有城市里才有。然而，餐具配送中心就在镇里。洱海岸边的餐馆的污水处理，就这样集中解决了。失去细节地紧紧把握，有时会失去全局。这个显然是自动化操作完成的餐具密封包装纸袋，是当今洱海文明的一个物证。

是孩子们的清脆的笑声，使我又一阵惊异。臭海滩不仅变得鸟语荫绿，而且竟沿着水岸的走势，修造起一座不规则弯曲的木桥。桥，不是用来过渡的，是用来观景的。它从岸边林水丛间，随意延伸过去，伸向烟波浩渺的岸边。人在水上观水赏帆，散步休闲。入夜，这里肯定情话绵绵、情歌漫漫……

甜美的笑声，是桥上的五位少女发出的。“五朵小金花”是小学毕业生，刚刚考完试。一开学就要成为中学生了，挺高兴的。于是，便来“走桥”。人生的路总是曲折的，但是只要坚持走到底，像周保中将军那样坚毅，像杨黼先生那样挚守，就可无畏脚下的风浪，头顶的烟云。极富寓意的“走桥”呵！

而这座木桥，是“见多识广”的我见过的最漂亮的木桥，它一尘不染，金黄色的油漆透明发亮，可以直视木质纹理……

五朵小金花都捧出小本要我签名。我的签字犹显岁月沧桑。我也请她们在我的本上签名。五位白族小姑娘的字写得纤细新嫩：杜腾晶，杨丕钏，何紫菊，赵娟娟，杨金秀。全是好名字。她们将要就读的，是镇上的保中中学。它是为纪念周保中将军而命名的一所优秀学校。

仰望苍山峰麓，我仿佛可见到周保中将军的微微笑颜……

回念馨馨桂楼，我仿佛可感到杨黼先生在诗句中对故园的幻想……

忽然，“山花体”的白族调唱响了。它从丛林梢头、从白云隙间、从清波荡上，响到我的心房：

美洱海
玉白菜长海心间
朵朵浪花翠如颜
年年岁岁情不尽
挚爱意绵绵

意绵绵
风抚浪动呈花海
花染岁月尽畅酣
雪泉浇活波涛净
月满丽家园
湾桥，湾桥，弯弯曲曲的金桥……

古道的心弦

王必昆

我不知道一条古道是否有心事，抑或隐痛，正如我没法了解别人的心事一样无稽。但这丝毫不妨碍我喜欢古道、徒步古道和探秘古道的激情，我想在徒步的个人体验中循踪探索每一条古道遁迹潜形的心弦，获取与时光和大地交流的原初音曲。不息追寻在荒凉古道上孤游疾行的那种感怆兼痛醉，以及掐断开始和结束的暴走行程，或许是我徒步古道的内心隐秘。

古道在我身后，或者前面，永远充盈着诱惑。徒步过滇南大地的若干古道后，这次，我从滇南蒙自向滇西高原启程，寻找那里的文友给我介绍的博南古道。

博南古道在滇西以西的大理州永平县境内，因贯穿博南山而得此名。博南山是滇西横断山的一座山峰，地势险要，肩挑两坝，其东山麓是曲硐老街坝子（即永平县城所在地），西山麓是杉阳坝子，过了杉阳就是澜沧江。博南是永平的古称，据说东汉明帝永平十二年（69）立博南县，后改置永平县，再后又且废且复，从东晋到元朝的历朝历代官员文人，张嘴“博南”、闭口“永平”地为一个县名改来换去，伤透了脑筋，让我甚感古人也无聊。如此倒腾改名七八次，元至元十一年（1274）复改置永平县至今，历史总算到此一锤定音。

徒步博南古道，除了所带的户外行囊，当然得了解一下这条古道的前世今生，我想这是窥涉古道心事的必要准备。在古代中国，有三条著名的丝绸之路，即北方陆上丝绸之路、西南陆上丝绸之路和海上丝绸之路，它们是当时中外经济文化交流的大通道，在古代交通史上占有辉煌地位。其中的西南陆上丝绸之路又有蜀身毒道、通安南天竺道、澜沧江湄公河通道三条主要线路。从字面上即可理解，澜沧江湄公河通道指沿澜沧江、湄公河沿岸一路南下出境的古道。蜀身毒道，蜀指四川，身毒即印度，蜀身毒道就是从四川成都经滇西到达印度的古道。通安南天竺道，安南指越南，天竺即印度，通安南天竺道说的是从四川经滇南通往越南、印度的古道。博南古道则是蜀身毒道进入滇西后的重要一段，此道开通于汉元封六年（前105），在永平县境内穿越博南山蜿蜒100多公里。由于博南山山势险峻，树林荫翳，烟雾迷离，山之西麓又有澜沧江为天然屏障。于是在博南山顶形成了军事上的制高点“叮当关”，成为历史上滇西的军事前哨。史料上所谓“进可以控制保山，补给前线；退可以屏障大理，巩固后方”。就是这个道理。

如马蹄印般微笑的彝族山寨和边屯村庄，缀系在博南古道的沿途。从大理往西，经顺濞桥进入永平，经黄连铺、叫狗山、北斗铺、万松庵、天津铺、杉松哨、梅花铺、宝丰寺入永平县城，又经曲硐桃园铺、石子坡、小花桥、大花桥、博南山、杉阳街、凤鸣桥、江顶寺，过霁虹桥进入保山境内。除了密集的村寨，博南古道沿途的庙宇、桥梁、门关及名流显宦的故事也特别多，至今仍有不少古迹遗存，其中最重要的是兰津渡上的霁虹桥。霁虹桥是一座铁索桥，横跨于永平县西部杉阳镇岩洞村和保山市水寨乡平坡村之间的澜沧江上，是博南古道跨江向南延伸的必经之路。在没有此桥之前的一千多年，沿博南古道“走夷方”的人马到此后，要过江只能在兰津渡口依靠划船渡过。据考证，霁虹桥修建于1475—1495年间，《中国科技史》把霁虹桥定位为“世界上最古老的铁索桥”。1986年澜沧江发大洪水，冲毁了这座孤傲的铁索吊桥，如今只留下原霁虹桥头西岸的巨型摩崖石刻，上书“人力所通”“西南第一桥”等20多幅古代石刻作品。

两千余年的光阴，简化成时空音符的碎屑，以马蹄的力度与节奏演绎那悠远的古道交响曲，而古道则无限承载着时光对石板的践踏或者生命对石板的吟诵。古往今来，敬畏这条博南古道的人何止我辈，明代地理学家徐霞客来过，明代文学家杨升庵来过，现代国画大师徐悲鸿来过，不一而足。沿着马蹄印的方向和历史名人的足迹，今天，我来了，作为一个大地的读者，愿以徒步的方式来拜识被斯诺称为“云南的皇家古道”“通往印度的黄金之路”的博南古道，以及抚迹古道肌理上那些或大或小、或死或生的一切生命与魂灵。

我把自己的双脚交给了博南古道，从花桥古驿站开始徒步，穿越博南山，经杉阳街、凤鸣桥、江顶寺，到达澜沧江岸，走了两天。蓝天下的花桥古建筑构造酷似衙门，由普照寺变迁而来，据说此处即是古代的博南县衙遗址。云南名士李根源、赵藩合题“元梅明茶之刹”匾额就在普照寺中，那两株几百年的古梅树和古茶树虬枝劲健，屈曲盘旋，依然葱茂。潜藏在博南山中的千年古道，泛着历史之光的古老石板长满了苔藓和杂草，覆盖着腐叶和泥土，但深陷的马蹄印仍依稀可见。路边古树参天，苍翠欲滴，一些枯死或半死的老树根奇形怪状，如树怪树精般秃站在古道边，乍一见顿生寒气。整个博南山成了生物的天堂，森林的身上都穿戴着厚厚的苔藓，还缠绕着千奇百怪的藤蔓及丰富的寄生花草。博南山丰润的大地没有一片是枯寂的，全都氤氲地生长着无尽的植物，还有飞鸟、走兽。到达山顶，一块天然的草坪凸现眼前，周遭是密不透风的松林，实乃休憩佳处，说是过去马帮停歇之地。马帮走到这片大草坪，赶马人和骡马都累了，于是停下歇歇脚。马吃马料，人啃干粮，抽抽烟筒聊聊天。听松涛阵阵，铃儿声声，全身筋骨都舒坦过了，接着赶马上路。吼几曲高亢的赶马调，响彻博南古道。许是马帮长久没来过，两三亩的草坪上长满了肥大的马牙草，以一种张牙舞爪的草本的姿态，统治着这片曾经喧闹的场地。

沿着博南山深处的古道继续前行，我在山中古道旁找到了杨升庵祠的遗址。杨升庵是明代状元，文化名人，谪戍云南永昌卫，居云南 30 余年，死于戍地。博南古道是去永昌卫的必经之路，当年杨升庵常往返于博南古道，对远离京城官场的博南山情见乎辞，于是自号“博南山人”。后人为纪念一代名士，在博南山的古道边建了这座杨升庵祠，只惜在深山野林无人看管，早已变为废墟。我久久地站在这块废墟前，看到湿洳的废墟中飘逸着一缕孤高的气息，杨升庵所作的名词《临江仙》在耳畔吟唱而来，“滚滚长江东逝水，浪花淘尽英雄。是非成败转头空，青山依旧在，几度夕阳红；白发渔樵江渚上，惯看秋月春风。一壶浊酒喜相逢，古今多少事，都付笑谈中”。成都、昆明等地皆有漂亮的杨升庵祠，但我觉得唯有博南山的这片废墟能读懂这个“博南山人”的人生，能弹奏博南古道的心弦，能拼贴历史的碎片和照见我们的内心。杨升庵当年常到博南古道沿途的宁西禅寺歇宿，此寺距杨升庵祠不远。宁西禅寺也就是后来的永国寺，曾经香火鼎盛，如今也只尚存寺门和一些断垣残壁。时间是这个世界的主宰，大地上的一切，无论有无价值，终究要被时间吞噬。巧的是，我徒步博南古道的第一天晚上，也是到附近的一座寺院寄宿，名叫金光寺，正值香火炽盛。博南古道的心弦，看来终归要心生禅意方能拨捩。

徒步古道时，我像患分裂症一样，脚以强烈的动感来行走，心又以柔和的静感来观察。在写满历史的大地上，我需要用摇滚的粗犷来刺激麻木的神经，又需要用古筝的恬静来品味大地的物语。滇西高原是粗豪与柔丽的完美结合，这片大地总是对天空诉说着无尽的隐语，期待我们用心去聆听和解读。穿越滇西高原的这条博南古道，就是大地的吟唱者和历史的叙述者，直至一切事物灰飞烟灭也不停歇。

第二天下午，我们走出了杨升庵曾行走过的博南山，来到了山脚的坝子杉阳镇。这是博南古道上的一个重要驿站。过了杉阳，就到澜沧江了。古道依然贯穿杉阳镇，石板路两边多是破败的老屋，墙脚门口或蹲或坐或靠着几个老人，倒也能传递古驿站的衰陋气息。杉阳镇的新房子都建在另一方，年轻人多外出打工，整个镇显得格外清静。不时有几个驴友来古镇游玩，走走停停，东张西望，窥探着古驿站那些发霉的隐私。

出杉阳，到了澜沧江边，见到古道上的江顶寺门楼。残破的门楼上有几个石刻大字“觉路遥”，知原为“觉路遥远”，“远”字早已脱落丢失，仅存前面三字。一字一块石材，嵌入墙内。门楼跨古道而建，走过门楼，看见澜沧江，顿觉有些悲壮。博南古道最艰险的路段是博南山，古代马帮千辛万苦爬过博南山，以为前面会是坦途了，哪知在江顶寺下的深谷中横亘着一条澜沧江，大江两岸山势峭耸，令人心惊胆战，于是乎发出“觉路遥远”的嗟叹。看着眼前滚滚而流的澜沧江，我也怅叹博南古道的艰阻遥远了，真没勇气再徒步下去。但见大江对岸也就是霁虹桥原址处，因大理至瑞丽铁路的建设，到处是施工开挖出的大地创痕，两岸山体满目疮痍，少有植被，遇雨即会发生泥石流。山腰上的几条公路犹如山脉的巨型伤口一样，赤裸裸地裂开在天空下，也许再也无法愈合。山峡底部最细的那条路痕即是博南古道过江后的延伸古道，据说小湾电站蓄水后，江边的这段古道将彻底被淹没。

过去走博南古道要过澜沧江的赶马人，都要先到江顶寺烧香跪拜一番，祈求过江平安，路途顺利。我虽不过江，但也进了寺里参观拜揖。这是一座简陋的小寺，供奉的好像是江神、河神之类，可在马帮的内心中却是最重要的神灵，只有此寺的神灵才能庇佑渡江者的生命财产。这是马帮人的心弦，博南古道沿途寺庙众多，据说马帮出发前都要去拜佛许愿，以求安心。蜀身毒道通达印度，印度的佛教也就这样在不知不觉中随马帮沿古道一路传递进来了。

从江顶寺出来，再观澜沧江，我越发郁怅起来。杨升庵发配到云南后，在霁虹桥与从永昌卫赶来的老友张含、张合父子相逢，饮酒畅谈，百感交集，催生出千古绝唱《临江仙》。我没有升庵古人的才气和胸襟，面对博南古道和澜沧江，当然不能对古道和人生写出淋漓尽致的文字。关于古道，我还能说些什么呢？最想对话，却难以对话的，是被马蹄和时光践踏得如此完美的古道。那些流泪的石板路，那些滴血的马蹄窝，都是祖先一路遗失的魂魄。所有的古道，都是古代英雄胸膛上一道道细长的伤疤，又是大地上一根根腐烂的苦刺，戳在历史的疼处，潜伏在我忧伤的眼中。

或许以后，我还会去徒步博南古道。古道的心弦，当然是内心可以悄悄弹奏的那根，却不一定要发声。

草从对岸来

吴安臣

一

面对一片草地六年了。这六年来我误以为草长在我的对岸，六年了，面对的仿佛都是无法解读的秘密，很沉，很重。我走上去或者躺在上面时，不知草有没有知觉，草很软。有时我躺下时也软得像一棵草一样，想象自己也轻灵地飞舞在空中，看着蝶儿翩跹着追逐着草上的野花。那感觉真妙！可躺久了会想一些很奇怪的东西，乃至于做梦都会把与草地相关的东西扯上。

后来看了一部有趣的美国片子，名字叫《亲爱的，我把孩子变小了》，影片里的孩子就在自家的草坪上，但是他们由于被缩小水喷到之后变得太小了，小到蚂蚁都是他们眼中的庞然大物，平时一眼望得到尽头的草坪此时充满了艰险与杀机，不断有威胁孩子生存的小虫出现，一片草地于是像我们眼中的原始森林一般的辽阔。我深为孩子们的命运担忧。我思维的触角扎在这片草地的深处。

二

草地的生长显得没有章法，但是却又活在自然的秩序里，我每年都见到一个割草人，他背着一个大大的篮子。我总怀疑这个篮子试图把整块草地背进去，但是六年来他没有成功，因为草的生长永远超过他的企图。草地每年荣枯，不动声色，他却日渐老了，行动越来越迟缓，有时他会拿着镰刀发呆。也许他为这片草地的浩瀚感到了某种担心，因为他的篮子对于草地来说太过渺小。六年了，镰刀不知磨秃了几把，但是草依然故我。每次我看到割草人的镰刀滑过草叶时，发现草依然以一种新鲜的姿态面对我们，汁液在镰刀上，涂满我的视野，青青的气味在我的鼻腔里驻留着，久久不肯散去。

我以崭新的心去迎接绿色，于是我的眼里布满绿色的期待，我总想去阻止那个割草人，但是我想了几次都觉得自己荒唐。我真的不用为草地担心什么，每次镰刀的锋利其实都没有超过草生长的速度，一片草地注定要把这个割草人割到弯腰驼背，最终像我一样躺倒在这片草地的深处，想一些很无聊的问题来迷惑自己。那个割草人总在春日或者夏日走近我眼前的草地，成为一个点缀或者一个附属物，或者草地因他的到来得以装点，秋冬季节他又消失了。看来像他一样，对于一片草地来说我们都是过客，快得像一阵风一样，生命的脚步总是迅疾得像镰刀的瞬间锋利声，霍然擦过耳鼓。只要草叶吻过刃口，我们脆弱的生命立刻瓦解，像易坍的堡垒，但是草却是永恒的，不然白居易不会在《赋得古原草送别》中说“野火烧不尽，春风吹又生”。草的强大似乎总会引发我们的敬畏，躺倒也许就是一种崇拜的姿势吧。割草人从我的视野里淡出后，从此我把草作为知己看待。我以一种匍匐的姿态靠近草，别说还真的发现一些与草有关的秘密。

三

那天我拣到了一颗螺丝，那是已经锈蚀了的螺丝。看来这个地方的草是在某些铁器中葳蕤起来的，第一感觉把我推入一种幻想中，耳边似乎有了隆隆的机器鸣叫声，我被自己的喜悦埋葬了，我仿佛觉得自己是个破译了某种密码的智者，但是接着又否定了自己，因为这片草地没有到处布满螺丝，也许只是一个螺丝，怎么就能断定这里有更多遗落的铁器呢？于是我像一只蚂蚁一样循着这个生锈的螺丝继续深入草的根部，最终我发现自己鲁莽的推断居然有其合理性，这里的确是一个厂，这个厂的繁荣让草地周围的人们不敢忘记那些曾有的辉煌，那时草也许还在地下萌动，最后以一种光荣的姿态接近于那时的繁荣，于是它们不断地掩藏那些铁器，铁器也静静地躺着，躲在繁荣的背后，成为今天我解读这片草地的线索。那时这片草地没有这样的生机，因为隆隆的机器声曾经在这片土地上响得透彻，于是草在地下期待，就像把那割草人熬老了一样，机器声说停真的就停了，草于是争先恐后地长，覆盖，掩藏，热烈，奔放，痛快，把本色尽显于阳光下，随雨露一起辉煌。于是铁器生锈了。

我不喜欢把草和历史联系起来，因为草的新鲜的姿势吧，新鲜总是把我们置入未来的构想中，那么就继续解读草的世界吧。在我见到螺丝的地方我还发现了蚂蚁，好几种蚂蚁，正在草的庇护下建立一个又一个王国，在草下进行不断的攻伐之战，像丛林里的战争。在草的平静中演绎着惨烈，一片在我眼里的完整草地不知已经被划分为多少个令我惊异的王国，各个王国的居民们在这片广漠的土地上像人一样的奔忙，像人一样划分着等级和秩序。草生活在自然的秩序下，而蚂蚁们则生活在草没有规则的秩序下，后来我发现人也是一样。其实思想总是会陷入荒芜的无秩序中去。

四

草地总是在与入侵者的斗争中逐步地壮大起来的。比如说那棵不断蔓延的南瓜秧就是一个例子，它不断往草地上蔓延，像一条蛇，它把丝缠绕在草上，而草则不断地从旁边突围出来。虽然我们可以见到瓜秧的茂盛，但是这并不代表草退缩了，最后在冬日的阳光下，我发现瓜秧已经干枯。而草除了枯黄的茎秆外，竟然在根部还保持着一丝绿色，那丝绿色就是对春天的恒久期待，于是我为那抹绿色感动，在一个冬日萧索的午后，我向面前的草致意。

草继续蔓延进四周的仓库，甚至已经用触角撬开了那些腐朽的砖石，我们见到这些时痛苦地说这地方终究败落了，于是草又代表一种衰落的意象，我们看着草不断地冲上屋顶，荒芜仿佛因为草而有了飞天之势，让我们预知到草几乎无处不在，它能填满我们的视野，只要你不排斥它，它就会走近你，甚至让你的思想也像草一样疯长，当你想拿起一把镰刀收割时，这时你会发现思想已然一团乱麻似的难以理清，所以我们把荒芜的脑袋叫作脑袋长草了。

五

其实草最终是会蔓延到我们头上的，比如你死了，说得似乎有点残酷，但是这是规律，人总要归于土地的，这时草就会不请自到，它会爬上你的坟头做你寂寞的伴。当你的亲人看到荒草爬上坟头时，就会用锄头或者镰刀铲除草，但是第二年仍然发现坟头还是有很多草，最终后人只好无奈了，接着为草占据你灵魂的领地大放悲声。

以前我有过很长一段时间割草的经历，因为马的肚腹需要我的镰刀不断挥舞着吧，所以我与草结着难解的缘，我像寻求一个知音一样跋山涉水地寻找着好的草地，然后蹲下身来割。几乎每个百草丰茂的季节我都会背着沉重的篮子寻找草地，草地仿佛也有某种期待似的，等待我的到来，因为我瞥见风中的草不断地向我舞动着。

我到现在才明白我的将来其实就在一片草丛里，被虫蚁咬噬着，被对岸蔓延过来的草覆盖着，始终认为属于对岸的草却汹涌地从对岸来了。我想不管是谁最终都要从这个世界上消失，甚至激不起半点涟漪，或者说半点声音都不会留下。草最终把我们埋入世界的深处，将我们与这个世界隔离开来。

淘金人的最后一梦

杨莉

金沙江是一条江，也是一个不死的梦。

在淘金人眼里它流动的不是滚滚江水，而是一个生生不息的梦。他们来了，从宋朝的辞赋里走出来，直奔亮晃晃的金沙而来。既然是为了金沙二字，他们的一生就属于金沙江，属于那个纠结一生、恩怨一生、明白一生、糊涂一生，却又始终涌动无限激情，澎湃无穷炽烈的梦。

当汛期过后，留下一片乱石滩涂，淘金人来了，这一来便成了金沙江边的一道人文景观。似乎有了淘金人，金沙江才是有情致的金沙江，似乎有了淘金人，金沙江才是诗意的金沙江。其实，那只是诗人眼中未凋谢的一缕阳光，它和金沙一样闪烁着灼眼的光芒。而最初的淘金人出场却不是诗意的，更多是一种生存的无奈与悲壮，就像一次生存的逃亡。他们被生存追赶到金沙江边，他们踟蹰在这里，亮闪闪的金沙江似梦非梦，清晰而又朦胧，他们停住逃亡的脚步，迎着晨雾中的太阳，江面上竟散发星星点点的光亮，这光亮灼痛了他们的眼睛，这光亮挽住了他们逃亡的脚步，逆光而望，云蒸霞蔚的江面真是一个藏梦的地方，而他们的梦就在光芒之下，就在终日奔涌的江水之中。于是，他们成群结队地走出宋朝，走出那个虚弱无力的地方，这个时候，元朝疾风暴雨般的马蹄已经在京城外踏响。最后，他们走出了宋朝，成了金沙江边的淘金人，一边淘金，一边淘梦。另一种岁月开始了，另一种人生也就此登场。因为有了淘金人，金沙江就有了一道不变的风景，也因为有了淘金人，原来的丽水不再是丽水，它就在从宋朝转身的瞬间，由丽水成了金沙江。对于金沙江来说，宋朝赋予它的这个名字倒真是实至名归了。

淘金人的身影随着滩涂上的落霞一起隐没于每个黑夜，又在每个晨雾中醒来。当从晨雾中醒来时，他们的一天也就开始了。

滩涂，是淘金人的天地。一架金床，一只金筐，一个金斗，一个金盆，构成了他们的人生，每天清晨他们就是在这里周而复始。在永不停息的劳作中，他们的岁月与金沙密不可分，久而久之，他们的生命和金沙江浑然一体，成了金沙江里一朵不起眼的水花，和淘金人的人生一样，它随时可能消失在金沙江的滔滔浊浪。

一个简陋的窝棚，搭起了他们家，也搭起了他们的岁月。他们游走在金沙江边，游走在金晃晃的梦里，从这头走到那头，又从那头走到这头，其间，几多风雨日晒，几多沧桑凄凉，也只有他们自己才能掂出它的分量。淘金人的家如同江水一样是流动的，但是不管流动到哪里，滩涂和江水，是它永远的背景，也是淘金人不变的背景。他们和船工一样，生命属于金沙江，所不同的是，船工的岁月是从金沙江里流走的，而淘金人的岁月却是从摇动的船形金斗里淘洗出来，又从他们手指缝流走。

那一弯浅浅洼地里坐着的背影，双脚浸泡在水里，手被江水洗刷成白色，这种白不是皮肤的本色，而是生活的颜色，在江水拍打的滩涂上一坐就是一生，直到把自己坐成行人眼中的风景。他们一生为金子而活，但到头来还是一贫如洗，一生为金子忙碌，黄金灿灿的光芒还是没有照进他们当下的生活。那金黄的色泽对于淘金人来说，是一个摸得着却得不到的东西，正因为如此，所以它才是梦，梦走得最近的时候，便是另一种远离。所以金子是淘金人永远够不着抓不住的梦，就在这不可企及中，他们的岁月被一只只金斗淘走，只剩下一副苍老的表情和雕刻一般的皱纹，在纷纷扬扬的岁月中飘落。但他们还在伫守那个诱人的泛着金黄色泽的梦，当他们把一生交给这个梦，自己也成了一个梦，只是这个梦已经是一个过时的黑白梦，已经荒芜许久杂草丛生，并且是在滩头涂地的土堆里，而土堆的方向依然面向金沙江。

在滩头上淘金人又开始了他们的一天，他们将河边的鹅卵石挖起来，倒进一个漏斗中，用水冲刷，让浑水从“金床”上流过。“金床”上铺厚厚的毡毯。在冲水过程中，颗粒较大的沙石被冲入河滩，细密的黑沙，附着在毡毯上。大约两小时后，将“金床”上的毡毯取下来，丢入水池中清洗。再把水池上边的泥浆水舀干，露出沉淀在底部的黑沙。将这些黑沙舀进一个筛子，如同滤豆腐一样使劲摇，把粗沙过滤掉，细沙和黄金就留了下来。这时，淘金人手中的金船派上用场了，淘金人手里的金船，并不是金子做的船，而是薄木板制成的条形容器，上过土漆。淘金人叫它金船。他们在金船里装入“乌沙”，双手端着放在水面上很有技巧地晃荡，再把金盆里的水倒在江中，就这样反复“跑水”。就在不断地晃动中，粗沙不断被淘去，剩下的细沙颜色越来越深，颗粒越来越小，突然，淘金人停止晃动，只见这层薄薄的细沙中，闪动着黄色的光点，如头发丝般细密，这些沙粉闪着金黄的色泽，是淘金人苦苦寻找的东西，因为细小，又叫“面金”。这时，淘金人在金船里滴入一滴白色的水银，轻轻晃动两下，水银将“面金”全部吸了进去，颜色变成白里透黄，好像露珠一样滚动。然后把与金子裹在一起的水银放进捅开的苞谷核里，再把这个苞谷核烧掉，当苞谷核燃尽后，那闪亮的金豆子赫然躺在其间，散发着无尽的欲望。那是多少人的梦啊，那是多少岁月都冲不去的欲望，如今它就躺在灰烬里，带着一身的高贵和迷茫，它能让所有靠近的人迷失方向。虽然携着一种高贵，它却以世俗现身，只有在世俗和高贵之间的它，才能营造出如此的疯狂。它如同一个魔法师能让富者更富、贫者更贫。

吹金，是淘金人最陶醉的时刻。渐渐地在金沙江边集镇上有了这样一个行当——吹金。这是专门为淘金人提供的一项提纯工艺，当然不是专门的商店，往往搭着一个修理门市。好多吹金人的手艺来自祖传，他们非常娴熟地将水银滴在一块砖头上，点燃氧气和乙炔，火焰温度达到400℃左右。水银达到沸点，变成白色雾气，蒸发到空气中。剩下金灿灿的物质，就是人们梦寐以求的黄金。但这种黄金的纯度只有90%左右，一般按国际金价的9折出售。和古老传统的“烧金”相比，吹金似乎更显现出一点时代气息，但这也等于把自己的财露出来，对于手工淘金人他们更愿意以深藏不露的方式暗自较劲，自己用岁月换得微不足道的沙金，哪里还敢拿到集镇上来张扬，这稍显现代的吹金手艺倒让他们敬而远之。只有那些淘金老板才会这样无所顾忌地把自己的财富晾晒出来。

就在他们一次次走近灿然金色时，岁月也就在不断淘洗中褪去了原有的光华，随金船的晃荡，充满青春张力的面孔被满脸皱纹取代。淘来了金子，丢失了岁月。生命就在金船的摇晃下吟唱一首悲歌，这是金沙江边最古老的淘金方式，也是金沙江上最从容的风景，有了它的存在，金沙江仿佛点染了一种忧郁的人文情怀。

金沙江的金是淘不尽的，淘金梦也是不熄的，一代又一代的淘金人来了，把岁月丢在山水间，把人生丢在波涛里，于是，关于金沙江的故事就不再是单调的山水，因为每个季节淘金人的如期而来，金沙江便有了一种悲壮，也有了一种希望，他们用悲壮点燃希望，就在希望和悲壮中如斯而活，一直活到今天。

就在抬头一瞬，你会看到了一对淘金父子，他们在西下的夕阳里，长长的剪影落在沙滩上，几分缥缈，几分现实，如同一幅印象画派的经典之作。他们没有意识到自己已经是金沙江边的风景，他们完全地沉浸在自己的梦里，陶醉在灿灿金色中。金船在父亲手里摇晃，他目不转睛地盯着金船里细如尘埃的金沙，眼里闪动着和金沙一样的光亮，这一刻，他们忘记了生活的重压，忘了还要供一个高中生、一个初中生念书，忘记了那几间破旧的瓦房。而这个辍学的儿子也和他一样清醒而迷茫。这一刻，他们眼中有着黄金一样的色泽，那是一缕永不熄灭的光芒，而他那读高中和初中的孩子就端坐在他的梦里头，他要用金色的纯粹去点亮儿女的太阳，那个太阳的光芒似乎远比这金色真实。他把自己的梦，儿女的梦都融入这金色之中，他也分不清，哪里藏的是自己的梦，哪里藏的是儿女的梦？但是，这个梦他到底守不住了，因为，终日辛劳换来的每个几百块实在难以支撑儿女把梦做完，由此，他的儿女们不得不从学校里走出来，走到当下，走进生活，这时他们发现这个淘金梦的万般艰辛，他们不想和父亲一样继续着那个看似灿烂，实则凄然的黄金梦。他们要走自己的路，他们离开了金沙江，离开了淘金的父亲，踏上了去广东打工的路。外出打工的路是漫长的，但它却有一种希望，不像父亲活在金晃晃的世界里，却活得困顿而迷茫。

最后连身边的那个儿子也走了，他到一条驳船上帮人挑沙，天不亮就得驳船上，先将上游沙滩堆好的沙运到船上，再顺船而下，将船里的沙下到需要的地方。这个儿子之所以选择在来往驳船上帮人挑沙，是因为他从小跟父亲淘金，他虽然不愿再继续那个淘金梦，但是他离不开金沙江，从10岁就跟着父亲淘金，这流淌的江水已经成了他血管里的血，即便外出打工要比挑沙更轻松，他还是选择了留在金沙江，一旦离了这条江，没有文化的他不知道自己还能做什么。他的忧虑又来了，就连在驳船上帮人挑沙也不长远，随着金沙江上的大型水电站溪洛渡、向家坝的截流，他们的家也将被上涨的水位淹没，那时已经没有沙可以挑了。然而20多岁的他已经习惯水上生活了，离开了父亲和淘金生活，水电站的快速进展明白无误地告诉了他，挑沙只是暂时的生计，和父亲做了一辈子的淘金梦一样，它们都将随水而去。水边长大的人，思路总如同浪花在水里打转，他得趁着现在还有得沙挑，尽量攒钱，等着高峡出平湖那一天的到来，买上一条木船，摆渡两岸。这是他为自己设计好的人生。

在所有子女走后，这个父亲依然还在金沙江的滩涂上守着他的梦，现在真正是孤独的坚守了。尽管他知道这是一个亦真亦幻的梦，他还是把自己留下，从13岁开始跟着他的父亲淘金，三十几年的时光随水而去，这耀眼的色泽依然没有点亮儿女们的未来，他们离开了他，是因为他没有办法让他们的梦和金子一样熠熠发光。他只能伫守在自己的梦里，在这个虚拟的世界里看守着虚拟的财富。他和金子打了大半生交道，但真正属于他的却如微尘，他的儿女们比他更懂得这虚拟的结果，有谁相信守着一个灿然的黄金梦，却连子女读书都难以为继。但他还得这样守下去，他只能这样，因为，他把自己的前半生都给了这条江，他还要把自己的后半生也给它，只有这样，他的淘金梦才算完整。但是随着溪洛渡和向家坝水电站的建设，几年后的这里将成为泱泱水域，而他这个淘金梦还能守多久？

岁月在演进历史之时，也在演进一种疯狂。

二十年前遍布滩头的淘金人今天寥寥可数，是因为现代的淘金方式渗入进来，和金沙江边淘金人不同的是，这些现代淘金者不是为了生存，而是为了那个疯狂的黄金梦。的确，那金灿灿的色泽会令所有人迷失方向，不管富人也好，贫者也罢。现代淘金者不是金沙江边的人，他们来自福建或其他地方。他们带来了现代的淘金方法，挖掘机、推土机和汽车，以及岸边的颇为科学的洗金点，俨然在暗示着淘金者的雄厚资本以及淘金决心。他们来了就不能空手而归。挖掘机不停地从一个已经被掏得很低的河洼中掘出大量带有小石块的泥沙，装进排着队等候的运输汽车里。汽车很快装满了泥沙，然后将泥沙石块倒在洗金点的宽大斜槽里。守在旁边的两个工人迅速拿起高压水管，对着沙石冲去。水流挟着沙石往分沙机滚去，在不同水流以及分沙道的作用下，石块、沙石、沙金被顺利分离。沙金分离后，进入一间锁着的小屋，再通过里面的设备，可以直接淘出黄金。而这些个程序是金沙江的淘金人用一辈子守候的。

“淘金，不过是一个有钱人的游戏。”这是一个贫困淘金人用一生来总结的话。在现代淘金者的冲击下，固守传统的淘金人被这强大的淘金阵势震慑住了，他们的坚守更为艰难，不仅要和现代的淘金方式对峙，还要等待高峡平湖的到来。那时候，他们的淘金岁月将成为水下一个故事，没有任何痕迹，你只能在水花的翻动中倾听这个悲壮的话题。但淘金人还在守候着，似乎要等着做完这最后一梦。尽管这种守候是孤独的，也是悲壮的，他们还是在即将消失的滩头上守候着，守着过去，也守望明天。而明天，对于这些淘金人来说，很近却又很远。

梨花飘零的时刻

李锦华

梨树又绽开了雪白雪白的花朵。

花开花落。爸，您一走就是整整五个年头！

那年，正是这梨花如云的时节，您一病不起。那天中午，我端着刚为您整理好的衣物走进后院，突然，堂屋里传来妈妈一声撕心裂肺的哀叫："锦华她爹——"

我呆住了。寒冷的不祥之感笼罩了我的全身。我的脚步踉跄，撞到了花台中那棵梨树枝上。心碎了，如那飘飘落落的梨花。

爸，您走了，静静地走了。任凭我们千呼万唤，您不再回答。

五年了，我常常希望这仅仅是一场梦。一个剪得开、敲得醒的梦。

我不相信您已离我们远去，一个人孤零零地走向那个没有影子没有声响的冰凉世界……

爸，您可知道，妈妈至今还无法接受这个事实。每每和人谈话时依然习惯地说：“你爹不会这样做……”“你老爹说……”逢年过节，她总要做上几样您爱吃的菜，早早地盛上一碗饭，放在您的遗像前。

您可知道，小弟的孩子三岁时，有一天突然闹着要爷爷。他说别的小朋友都有爷爷，他也要爷爷。最后只好将他带到您的墓前，可怜他抱着您的墓碑声嘶力竭地哭喊：“爷爷，您出来。出来让我看看您——”

您可知道，四年前我到峨眉山刚好是清明节，我正开心地向朋友们炫耀着在一家小店里买到了您最爱吃的花纹软糖时，猛抬头，看见一伙伙提着香篮的人扫墓归来，才恍然醒悟您已不在人世。我急转身奔进报国寺，高举一束点燃的香火，泪流满面地跪在大殿前。

那时，我多想哭。哭您平凡朴实、勤劳善良的一生；哭您含辛茹苦、任劳任怨的一生。

您是一介平民。您是一个织带厂的普通工人。您太普通了，普通得犹如一颗草尖上的水珠，不论是在滋育着生灵还是汇入水流，既不会闪出耀眼的亮光，也不会激起缠绵的涟漪。

您从未对我讲述过您的过去。我是从妈妈和一些长辈的口中才陆续知道了您的一切。您是李氏家族的长子长孙，您本应该有一条十分宽畅而又平坦的生活道路。按照祖父的意愿，等您念完私塾，再到昆明正规学堂读书，然后出国留学，衣锦还乡光耀门楣。

不幸，您十二岁那年，祖父偶感风寒，却“误食”鸦片突然中毒身亡。未等李氏家族的亲人赶来，偌大的家产，田地房屋全部被奶奶的娘家人掠走强占，家里从此一贫如洗。

奶奶无颜面对你们，也不愿返回歹毒的任氏娘家，最后便弃家而去。为了抚养三个年幼的弟妹，十二岁的您只身来到昆明，在翠湖旁一家印染房当了长工。酷暑下，您每天要顺着陡斜漫长的大兴坡，将上百挑翠湖水挑进染房；寒冬里，您的手脚长满冻疮，已经发炎、溃烂，却依旧要站在冰冷的水中，踩纱、过浆……

爸，我如今十分害怕有人提起洗染、纺织一类的话题，因为，那会将我推回不堪回首的过去。我永远也不会忘记那间黑房，那间置放“合纱机”的黑房。

那时候，我已上小学，您和妈妈还有其他五位大妈、奶奶组成了一个编织合作社。在这个社里，您是唯一的男子汉，承担着将棉线纺拧成股纱的粗重工序。

那是我所见过的最古老最笨重的纺纱工具——合纱机。长、宽、高各两米的“合纱机”不是用钢铁制造，而全是用又厚又结实的木料做成。四方形的木框两侧各有一个磨盘大的木轮，机身顶上高耸着两个风车模样的长绕线筒，前后高低的四排木板上钉着200个插棉线筒的木桩。

那时没有电，“合纱机”完全是靠人的两只脚像踩水车那样来踩动。您两手撑在合纱机正面的木杆上，弯曲着腰身，如拉上弦的弓那样，用劲踩下横在机身中间的两根大腿般粗的木杆。

爸，我不知道那些年您是凭着怎样的毅力去干那项沉重的劳动。那时候，您踩一公斤棉线仅能换来六分钱，而您每天起早贪黑才能踩够十公斤棉纱。多少次，看着您额头、发丛中颗颗晶莹闪亮的汗珠和一年四季总是湿淋淋的衬衣，我好心疼。

我常常异想天开地希望自己出门时能撞上一位神仙，送给我一粒仙丹，让我吃后变成一个力大无比的勇士，代替您去踩那两根木杆；或者从路边的树上掉下一个能变出衣服、食物的宝葫芦，那么，您就不用再进那间阴森森的黑房。

您看重自尊，又尊重别人。在记忆里，我从未见您和谁红过脸、吵过嘴，甚至没有对人说过一句重话。不论是朋友同事还是街坊邻居，不论是长者还是顽童。在担任玉溪市织带厂保管员的三十几年时间里，您所管理的财物，账目竟然没有一丝一毫的差错，使织带厂一个又一个新保管员在接手工作之前，总是恭恭敬敬地将已退休的您请回厂去指导业务，传授经验。

妈常埋怨您一生如牛，活得太苦太老实，尤其是那认死理的牛脾气。记得有一个深夜，您患消化道出血已经躺下几天了，突然街面上传来一阵紧过一阵的敲锣声，有人撕破嗓门地呼喊着："救火啰——百货公司仓库失火哟——"

您急急忙忙穿衣下床，要去救火。妈发脾气了，她将您拖回来并交代我看住您。她自己提着水桶和邻居们跑去救火。谁知妈刚走，您很严肃地告诉我，如果百货公司的仓库烧掉了，全城的人都没有衣服穿了。您又交代我看好妹妹，固执地掰开我揪着您衣袖的手，拿着个脸盆也走了。

天快亮时，几位不认识的人将身染血迹的您抬了回来。原来您还没走到火场就昏倒在一条干涸的水沟里。

我记得您曾破天荒地和妈妈吵过一次架。那是因为妈妈帮人“偷”走您仓库里一团无用的废纱。

原来，与妈在同车间的一位大妈去找您要点废纱做煤油炉灯芯，却被您斩钉截铁地拒绝了，那位大妈很不高兴，妈过意不去，就趁您不注意时拿走一团废纱准备送去。没想到那天您回家吃饭时无意中发现了妈包里的废纱，就要妈送回厂去，妈不干，说不过是一点废纱，何必得罪人。您和妈大吵起来，最后硬是从妈手里抢下废纱连夜送回厂去。

爸，您知道吗？很长一段时间，我是赞同妈的观点，尽管我还不到发表自己看法的年龄。我也觉得为人处世，完全可以随和机灵一些，没必要太认真太老实，没必要得罪人。

然而，在您的追悼会上，我却被深深地感动了。

坦白地说，在您的丧礼中，我们兄妹并没有开追悼会的准备。没想到发葬那天一大早，各地的亲友们闻讯赶来了；您的老友们让儿女搀来了；您单位的同事们关闭了机器赶来了；街坊邻居们放下家务聚来了。亲友们反对我们安排的简朴葬礼仪式，执意要举行一个追悼会。

那天，几百人拥挤在街面上，人们临时推举了一位党支部书记主持追悼会。那隆重、悲痛、真挚的场面，我们都未料到。

听了年轻人对您的评价，听了老年人对您的哭诉，爸，我才真正了解了您的一生，了解了您那平凡朴实善良谦恭的人品。真正领悟到小时候您多次给我们讲过的“人的心要踏实、人的心要正直、人的心要善良”，这些淳朴的话语中那丰富的内涵。

权势压不住人心，金钱买不来人心，人心是用人心换来的——这是我在您追悼会上得出的结论。

您病重时对我说过，您这辈子穷，对我们兄妹很“小气”。不，爸，您一生为我们兄妹几人已经竭尽了自己的全力。您犹如一节从不让人注目的莲藕，无怨无悔地埋在水底，背负着沉重的泥土，吃尽千辛万苦，忍受着万种劫难，用毕生的心血，养育着绿叶，滋润着荷花，只盼花艳叶秀，出类拔萃。您从未给予过自己什么。一年四季，您总是那身蓝卡其中山装。一日两餐，您只要求两碗米饭、一碟咸菜、一碗米汤。

还在那间小黑房踩合纱机时，我已发现您每天流汗太多需要喝大量的开水，可您连茶叶都舍不得买一点，每天口缸里泡进去的都是非常便宜的盐巴。然而多年来我们兄妹读书的学费您从来没有拖欠过，我们的学习用具您也从没少买过。

您习惯克制自己，善于宽容别人。您的老朋友们常常羡慕您，说您今生苦得有价值。儿女个个成才，有高级经济师，有部队正团级干部，有大学副教授，有记者、作家，有公安侦察员。您说您最骄傲的是在最困难的时期还供出了一个正经八百的大学生。

三哥考上云南大学数学系时正赶上三年自然灾害，他不愿继续求学怕给贫困的家庭再增加压力。您卖掉了家中仅有的一点家具，妈妈卖了唯一的一件黑毛衣，东借西借，凑足了学费，硬是将三哥送上昆明进了云南大学。

从那以后，您向邻居借了几块荒地，种上了各种蔬菜。每天晚上，您拖着已经累得快散架的身子骨回来，还得顶着星光去菜地浇水施肥，种出的菜，自己舍不得吃，都让妈妈拿到街上去卖，一分一角地攒起来，终于让三哥完成了全部学业。

爸，我时常痛恨自己在您的生前未能尽到加倍的孝心，未能给予您应有的报答。爸，您还记得吗？倩儿出世正是我被打成“右派”的时候。世态炎凉，人情冷暖。曾经是那样温暖的亲情、友情、同事之情都在一瞬间变成了不可涉足的冰山。没有人来看望我们母女，没有人敢和我讲话。那天，您托人悄悄带来口信，让我带倩儿到南北大街百货商店的门口等您。天刚黑，我就抱着早产的倩儿等在树荫下。

您终于趁着电影院散场的人流走来了。

您走到我们站立的树下，默默地看着我。透过树隙间的灯光，我看见您眼眶里闪动的泪花；我看见泪花中那痛彻肺腑的悲悯；我看见泪花里那无法言表的真挚的父爱。

“爸——”我叫了您一声，已经压抑很久很久的泪水终于如冲出闸门的洪流无声地摔落在怀中倩儿的身上……

您双手颤抖着轻轻掀开盖在倩儿头上的纱巾，俯下身仔细看了一眼正在酣睡中您那苦命的外孙女。您将纱巾盖上，呜咽着对我说：“好好……领娃娃……”

您的嘴唇在颤抖，喉头在颤抖。您再也说不出一句话，转过身慢慢地走了。

我多想追上去，跪在您的面前，说出我心中的话。但我不敢，我怕碰上不怀好意的奸人，认出了我，又要连累你们。我紧紧抱着倩儿，借着街道上的树荫遮掩，眷恋地跟在您身后。

突然，商店内明亮的橱窗灯光照亮了您的全身。我看清了您满头如霜的白发，您的步履蹒跚，高大的身躯已如佝偻的树干。我顿时醒悟：您不再是那个每天踩十五六个小时合纱机的汉子。爸，您已到了风烛残年！

一把钢刀扎入我的胸膛，冷酷地翻绞着我的心脏。我的心好疼！好疼……

后来，我放弃医学写起文章，您曾狠狠地埋怨了我好长一段时间。但是，慢慢地，我发现您不再唠叨，而是成天找我发表的文章看。

每天吃过晚饭，您就抱着那个带闹钟的收音机上楼去。听完天气预报，将收音机的音量调到最低，您舒适地靠在床头，用手帕认真擦一遍那副缠着白线的老花眼镜，然后从枕头下拿出我的作品，左一遍右一遍地看我那些刚学写作还不能称之为作品的文章。看着看着，您突然一拍床沿，正在聚精会神缝衣服的妈妈常常被您吓一大跳。然而您却若无其事地用手指敲打着稿子自言自语地说："嘿，白字！""瞧，又是错字。"

爸，我还真服了您。您小时候仅读过几年私塾，但您那手繁体字写得可谓刚劲有力、血肉丰实，惹得妈妈常常嘲笑我书读得比您多，而字写得像鸡爪扒出来的。我每次在誊稿时总是小心了又小心、仔细了再仔细，但每篇文章都被您找到过印刷厂的失误和我的粗心。

第一次从北京领奖回来，我曾半开玩笑半认真地对您说：“爸，等下次我再到北京领奖就带您一齐去。我扶着您上奖台。”您笑了。随后，神情悲戚地说：“北京，唉，北京……我这辈子恐怕连昆明也去不成了……”

您果然就再没离开玉溪。

人生多艰，命途多舛。爸，我不怨恨所走过的艰难困苦，我不畏惧前途的险恶坎坷，我只期望，当我被人生无情的苦雨寒霜淋透的时候，您又递来那件穿了很多年，已经破旧的蓝涤卡棉衣，给我御寒；我只期望，当我从孤独的驿道上捧着这颗疲惫、破碎的心走来，您依旧在锅里给我焐着一碗饭，然后拄着那根黑藤木拐杖，倚着门框，等我回家……

“十年生死两茫茫！不思量，自难忘。千里孤坟，无处话凄凉。纵使相逢应不识，尘满面，鬓如霜。夜来幽梦忽还乡……”

年年梨花开，岁岁人断肠。爸，黄泉路上，您可听见我们一声声的呼唤？

魂兮归来哟！爸……

秦歌

周海亮

老朽的周王朝似一位垂暮的老人，颤抖着将七滴残墨甩落上一张千疮百孔的生宣。它们相互渍渗，扩张，挤压，吞并，重叠，交融，杂乱且有序地完成着一幅壮阔惨烈的金戈铁马图。然后，秦的朱红印章，狠狠地盖在那里。

其实，当昏庸无能的周幽王拥着如冰的褒姒点燃烽燧的烽火，当深邃干练的商鞅在暗夜中为一条新的律令苦思冥想，当圆滑奸诈的吕不韦怀揣着大把的银钱在秦国四方游走，当冷漠而乖张的赵政在邯郸城饱受质子之苦，秦王朝已经开始了。那是一座楼宇的地基，一件利器的淬火。那是挥毫前的研墨，四季里的惊蛰。那是大秦乐章的序曲。

“得寸则王之寸，得尺则亦王之尺”，由弱至强的秦国自秦孝公以来，严格地遵循着这样的强食逻辑，缓慢且有条不紊地蚕食着他邻的土地。而秦王政的即位和李斯的《武力统一天下论》，则把这种舒缓地蚕食，变成为快速地鲸吞。

秦王政三年，“岁大饥”；秦王政四年，“蝗虫从东方来，蔽天。天下疫”；秦王政五年，“冬雷”；秦王政九年，“四月寒冻，民有冻死者”。百姓的疾苦并未让这位体弱多病的少年心生怜悯，上天的灾祸也并未让这位雄心勃勃的君王放缓一统天下的脚步。当内史腾的十万大军兵临韩国新郑城下，一场由秦王政发起的建立在武力和杀虐之上的统一大业，开始真正拉开帷幕。

秦的战歌就此响起，雄壮威武中夹杂着浓重的血腥。春风中站一位少年君王，他的眼睛，忧郁而又贪婪。

统一的脚步迅速简洁而又节奏强烈。一切都在冥冥之中按部就班地展开。对东方六国来说，秦国注定是他们无法躲过的灾难。一觉醒来，城易主，国易君，旌旗下满目疮痍的国土，从此被一堵高墙圈起，成为秦帝国的三十六郡之一。

秦王政十七年，韩亡；秦王政十九年，赵亡；秦王政二十二年，魏亡；秦王政二十四年，楚亡；秦王政二十五年，燕亡；秦王政二十六年，齐亡，天下从此统一。那一年，秦王政三十九岁。年近不惑的秦王政从亲政到灭齐，仅仅用了十七年的时间。一滴残墨，终于泼成江山。

难怪秦始皇在统一中国后，曾经兴奋异常地振臂高呼：自上古未尝有，五帝所不及！战歌在此时开始顿歇，异化为一曲颂歌。一段终了，响起秦始皇得意扬扬的独白。

秦始皇在面对刺客荆轲手中的短刃时，甚至紧张到拔不出佩在身后的宝剑。但他有吕不韦、李斯、尉缭、顿弱、内史腾、王翦、蒙武、王贲……他有二十万大军、六十万大军、一百万大军……他有前人给他留下的宝座和商鞅给他留下的秩序……他具备打赢一切战役的一切条件。秦始皇成就了历史，历史也成就了秦始皇。

秦始皇统一天下，唱着挽救百姓的调子；偏偏这时，众生却发出“兴，百姓苦；亡，百姓苦”的凄惨之音。君王与百姓，总是这样格格不入。

如果说君王的秦歌是肤浅和短暂的欢笑，那么百姓的秦歌，便是深刻和久远的哀号。而当君民同歌，那么，便有了反抗。

当然有反抗。反抗每时每刻都在上演。当荆轲拖一条伤腿将手中的匕首像标枪一样掷向秦王政，当高渐离瞪着空洞的眼眶将灌铅的筑琴狠狠砸向秦王政的脑袋，我想此时的他，也会感到一种深深的恐惧，他的歌声至此，也会惊吓到变了调子；而当一个叫孟姜女的村姑把自己的无限悲伤当成武器，不知此时的秦始皇想过没有，哪怕一条绵延万里固若金汤的高墙，其实也抵挡不住女人的一滴眼泪。

人同伦、车同轨、书同文，统一天下后的秦始皇以一位总工程师的姿态，继续着对秦的统一和改造。以前是土地和疆域，现在是称呼与器具；筑长城、建阿房、修陵寝，秦始皇一边为活着的自己建造一个金碧辉煌的巨型宫殿，一边又为死后的自己规划一个举世无双的享乐世界。然后，耗尽全国财力围起一堵高墙，试图达到秦的永恒；而到焚书坑儒，中年的秦始皇已经接近疯狂，秦的上空已经听不到百姓的赞歌，只剩下文人和草民的恸哭。此时的秦王朝其实只剩一人，那便是秦始皇，大臣儒生草民们不过是他所饲养的牲畜，任其随意地驱赶和杀戮；至于泰山封禅和寻找不死之药，不过是秦始皇在他生命的最后几年里，近乎独角戏般的人间闹剧。

兴，百姓苦；亡，百姓苦。刚刚从战争阴霾中走出来的百姓，还未及露一下笑脸，就又一次掉进人间地狱般的悲惨境遇。战歌已去，颂歌已歇，此时的秦，只闻哀歌与悲乐。这哀歌与悲乐是属于百姓的，也是属于秦始皇的，更是属于秦王朝和中国历史的。而当秦始皇终在第四次巡游途中病死沙丘平台，接替皇位的秦二世却没有就此罢休，比起他的父亲，胡亥对于百姓的压榨，更是有过之而无不及。于是有了陈胜吴广，有了项羽刘邦，那是汉的序曲，也是秦的丧歌。短命的秦帝国终于在农民起义的风暴中，匆匆奏完最后的一个音符，吟完最后一个字节。秦歌戛然而止，秦帝国烟消云散。

一同烟消云散的，还有他们的墓陵与尸骨。只剩下那些陪葬的陶俑，还在忠心耿耿地守着那些已去的历史，并试图告诉未来的人们，在遥远的过去，秦王朝曾经有过的辉煌。

公元前 206 年，汉立。又一次从战争阴云中走出来的百姓，再一次看到海市蜃楼般缥缈的希望。

兴，百姓苦；亡，百姓苦。漫漫封建王朝，这几乎等同于，一个永恒的真理。

于是，秦歌再一次重复……

汪曾祺的白莲花

张昆华

按节令进行曲的节拍，立夏前几天，昆明终于在久旱之后听到暮春的雨点、雨丝、雨柱、雨浪弹奏的交响音乐。于是，我把欣喜的目光从汪曾祺 29 年前写的《昆明的雨》中，移到了翠湖，移到了大街小巷的高楼或矮屋。怀念过去与观赏现实，仿佛那一棵棵绿树、一蓬蓬红花、一朵朵菌子、一粒粒杨梅，都从汪曾祺散文的字里行间幻变而出，显得久别重逢般的可亲可爱。也就自然而然地由汪曾祺“我想念昆明的雨”的情景里转而想念起汪曾祺来。

因为今年 5 月 16 日是汪曾祺逝世 16 周年纪念日。昆明人完全可以把汪曾祺作为乡亲缅怀。这位来自异乡的乡亲生前曾经在《昆明的雨》《翠湖心影》《泡茶馆》《观音寺》《觅我游踪五十年》等散文名篇中为昆明留住了鲜明的自然环境与独特的人文风情。他还在文中赋诗表达心中的眷恋与思念："羁旅天南久未还，故乡无此好湖山。长堤柳色浓如许，觅我游踪五十年。"

汪曾祺1920年农历正月十五即元宵节傍晚的上灯时分出生于江苏省高邮古城的一座书香门第老宅里。他在高邮上完小学、初中，当就读高中三年级的时候，江阴县城沦陷在日寇铁蹄之下，他便含泪挥手告别故乡，先后辗转上海、香港、越南海防、云南河口等地，于1939年9月到达当时被称为大后方的昆明，考入西南联大中文系。在昆明读书4年，又在市郊观音寺中学教书3年，直到1946年9月离开昆明赴沪。他在《觅我游踪五十年》中写道："我在昆明待了7年。除了高邮、北京，在这里时间最长，按居留次序说，昆明是我的第二故乡。"

汪曾祺在"第二故乡"昆明就读西南联大时，就居住在翠湖周边。他亲切而形象地把翠湖描绘为"昆明的眼睛"，并说"没有翠湖，昆明就不成其为昆明了"。他最初寄住在青莲街同济大学附中的宿舍，不久便搬到若园巷二号。他在散文中记述道："房东是一个上了年纪的寡妇，她没有儿女，只和一个又像养女又像使女的女孩子同住楼下的正屋，其余两进房屋都租给联大学生。”令人当时难以预料而后来又是事实的是：4 位房客大学生，同住一屋的汪曾祺和王道乾，一人成为文学大师，一人去了法国，成为专译马克思主义理论的翻译家；同住另屋的何炳棣、吴讷孙，后来移民美国，前者成为历史学家，后者成为美学家、美术史家，可见西南联大人才济济。吴讷孙还写了一部反映西南联大生活的长篇小说《未央歌》，多次再版。1987 年汪曾祺出访美国时，老同学意外相见，吴讷孙还送了一本《未央歌》给汪曾祺。两人兴趣盎然地谈起了女房东家院子里的那棵缅桂花树，在春雨中散发出阵阵清香。汪曾祺还说，有一年春节，吴讷孙写了一副春联贴在大门上，上联“人斗南唐金叶子”，下联“街飞北宋闹蛾儿”；说罢，在回忆青春岁月中爆发出老年人少有地哈哈大笑……

此后，汪曾祺由于穷困，不得不从若园巷二号搬到民强巷五号，只不过是因为租金稍便宜一些而已。汪曾祺搬进新房东王老先生家的东屋里，没有床，便睡住在一个高高的一尺多宽的条几上；“——被窝里面已不知去向，只剩下一条棉絮。我无论春夏，都是拥絮而眠。”他在回忆当年的散文中这样写道：“我在民强巷时的生活，真是落拓到极点，一贫如洗。我们交给房东的房租只是象征性的一点，而且常常拖欠。昆明有些人家也真怪，愿意把闲房租给穷大学生住，不计较房租。这似乎是出于对知识的怜惜心理。”汪曾祺记得，有一天饿得躺在条几上，是同学朱德熙夹着一本字典来叫他起床，到街上贱卖了字典，才有钱吃了一顿早饭。物质生活如此缺乏，但精神生活却不贫乏。在汪曾祺记忆中，房东家的大门上刻着一副对联：“圣代即今多雨露，故乡无此好湖山。”他每日出入大门，眼看心记，明白这是房东借用前人旧记抒发自己今日情怀。他虽不同意当时即“圣代”，也不明确上联来自何处，却知晓下联出于苏东坡诗句。所以，几十年后，汪曾祺重返昆明，便轻车熟路地以当年房东借苏东坡诗句的手法，也借此句来写进自己的诗中，用“故乡无此好湖山”表达“昆明的湖山是可留恋的”。

汪曾祺步入老年后，怀念昆明的情感日愈缠绵。他在一系列的散文中，写了缅桂花树、尤加利（即桉树）、仙人掌、木香花、叶子花、白茶花；写了酸角、拐枣、杨梅、宝珠梨、丁丁糖、花生米；写了青头菌、牛肝菌、鸡枞菌、鸡油菌；写了翠湖的多孔石桥、圆圆的小岛以及堤岸上的柳树，“柳条拂肩，溶溶柳色，似乎透入体内”。所以，他在借用苏东坡“故乡无此好湖山”之后加写了自己的诗句：“长堤柳色浓如许。”但使我感到迷惑不解的是，汪曾祺在翠湖边居住过 4 年多，还常去湖畔的省图书馆看书，常在茶馆里喝茶，十分熟悉那里的树木花草，但他为什么就没有写荷花呢？而生他养他的故乡高邮则是荷花铺天盖地的世界，如果他在昆明翠湖见到荷花，肯定就会触景生情，倍感亲近而大书特书的。后来，汪曾祺在 1984 年 5 月 9 日写的散文《翠湖心影》中回答了这个疑问：“翠湖不种荷花，但是有许多浮莲。肥厚碧绿的猪耳状的叶子，开着一望无际的粉紫色的蝶形的花，很热闹。”这就是昆明人口中的水葫芦。

我相信汪曾祺“翠湖不种荷花”的记忆。但是就在汪曾祺 1946 年 8 月离开昆明后的几十载春夏岁月中，不知是从哪年哪月起，翠湖种植了莲藕，开放了一朵又一朵彩云般的莲花，取代了大片大片的水葫芦花。漫长的光阴一直延绵到 1987 年 4 月，汪曾祺在离别“第二故乡”41 年后才得以重返昆明。他是参加中国作协组织的作家代表团前来渴望已久的云南进行访问采风活动的。我们在座谈会上相遇相知。此时的汪曾祺虽然已是 67 岁的老人，但谈起他 19 岁初识的昆明，那刻满皱纹的脸上却绽放了年轻的容光。我们从西南联大说到青莲街、逼死坡、甬道街、若园巷二号、民强巷五号以及翠湖里的石拱桥——由于我读过他 3 年前写的《翠湖心影》，便告诉他：“翠湖依旧，杨柳常绿。只是在你离昆后的某个盛夏，翠湖梦醒般地开满了半池荷花——”

不难想象，从出生到长大，故乡高邮的荷花一直伴随着汪曾祺的青春年华。此后他长年生活在被他爱称为“昆明的眼睛”的翠湖附近，翠湖又成为他“第二故乡”风景中最难忘的风景。如今，像高邮那样，翠湖也有荷花开放，这不是可以让汪曾祺的故乡情结锦上添花吗？为此，我很想约他去看看翠湖荷花。但由于作家访问团的行程时间安排很紧，当时未能如愿。直到汪曾祺他们首游武定狮子山，又赴别地采风返回昆明，正津津乐道于明朝建文皇帝是否真正落发为僧，出家狮子山正续禅寺的历史传说时，我们终于挤出了一小点空闲时间，在夕阳悠悠沉下西山之际，匆匆赶赴翠湖。我们来不及去寻访汪曾祺十分思念的当年居住过的同济大学附中旧地，以及若园巷二号、民强巷五号民房，便径直来到翠湖东门一侧的荷塘边。手扶栏杆极目远眺，只见湖面上新生的一片片荷叶，在晚风中扬扬得意地挥手摇晃，犹如一朵朵舞蹈的水波；又见一只只燕子穿破暮霭飞翔，让尾巴洒下一声声啼鸣——可是，心急也难获近利，我们上下左右地寻觅，都没有发现一枝莲花。确实令人茫然，深感惆怅。汪曾祺摇摇头，叹口气说道："昆明春天来得早，而莲花最早也要到夏天才开放呀——"我们只好沿着湖岸漫步。来到一棵古老的桉树下，汪曾祺伸手拍拍树腰，说他当年曾倚靠在这儿阅读沈从文老师写的小说《边城》；来到一棵百年合欢树下，汪曾祺抬头看了看枝叶间的粉红色花朵，说他当年曾约会西南联大外语系女生施松卿，两人肩并肩地坐在树下一起诵读徐志摩和林徽因写的爱情诗……暮色渐渐苍凉，华灯悄悄明亮。虽然没有看到翠湖的荷花，但我却在汪曾祺的眼里看到了闪亮的泪珠，那泪珠就像是他心中的荷花——

怀着依依不舍的乡情，汪曾祺飞离难以分别的昆明返回北京。相隔 4 年之后，1991 年 4 月，也是早春时节，汪曾祺参加中国作协副主席冯牧率领的作家代表团去玉溪出席“红塔山笔会”。来也匆匆，去也匆匆，昆明只不过是过路的驿站而已，但汪曾祺却在其间亲笔签下“十五日夜走滇境”的采风团文集书名并写下了散文《觅我游踪五十年》，重现了这位 71 岁的老人记忆中的昆明往事。

只要期盼，便有希望。6 年之后，也就是 1997 年 1 月，昆明温暖的冬天，汪曾祺参加中国作协副主席高洪波率领的作家代表团再一次去玉溪出席“红塔山笔会”。会后返京前在昆明稍事停留。1 月 13 日下午，我去作家代表团住宿的佳华大酒店拜访汪曾祺。新年喜庆的气氛还未消散。我与汪曾祺在酒店大堂的圣诞节小屋和圣诞节灯树前合影留念。笑谈中，我特意提起他 1996 年夏天赠我的国画《门外野风开白莲》。我说，那绿叶相拥的白莲花，真是越看越美，堪称文人画中的精品。他微笑着连连摆手，并解释创意：之所以画白莲花送我，是为了弥补10年前我们去翠湖看荷花而荷花尚未开放的遗憾。

十年不忘荷花梦！可见汪曾祺重情重义，侠骨铮铮。感动之余想做回报。第二天中午，我从家里带来装裱好了的《门外野风开白莲》，在红河酒店的宴席前当众展开，让文友们观赏。三片荷叶，四朵莲花，两枚印章，还有“门外野风开白莲昆华道兄丙子夏汪曾祺”十七个题画签字，赢得诗人、作家们的热烈掌声和由衷赞叹！有人还趁机向汪曾祺求赠字画。汪曾祺高兴得连连点头应允：“回京再说，回京再说——”我珍惜不已地卷起画来，经高洪波当场提议，汪曾祺欣然提笔在画轴上做了题签：“汪曾祺白莲 1997年1月14日昆明”。我握画鞠躬，满怀谢意地说：“汪老，虽然10年前陪你去翠湖看荷花，由于节令尚早未能如愿。现在仍是冬天，翠湖荷花的芽苞仍深藏泥层里。但是你送我的这幅画，那一朵朵白莲花，却无论任何季节都在开放，而且永远不会凋谢。”

然而令人深感悲痛的是，汪曾祺1997年1月第5次来昆明，不幸成为他生命中对“第二故乡”的最后访问。

汪曾祺从昆明飞回他“第三故乡”北京4个月后的5月16日，因突发急病而与世长辞。前些日子，在春风春雨中，怀念与感恩之情引领我去翠湖寻访汪曾祺的踪影。那棵被汪曾祺倚靠着阅读沈从文老师写的《边城》的古老的桉树，依然用青枝绿叶散发着淡淡的芬芳；那棵倾听过汪曾祺与恋人施松卿共同诵读徐志摩和林徽因的爱情诗的百年合欢树，依然用年年盛开的粉红色花朵洋溢着迎春的气息；那刚刚积蓄了雨水的翠湖依然荡漾着碧绿的荷叶，发出飒飒的声响，仿佛在告诉我：再过些时日，那一朵朵荷花肯定会昂首开放，就像汪曾祺在《门外野风开白莲》中所画的那样，为翠湖，为昆明增添美丽的风采！

汪大渊的海上丝绸之路

邓涛

再辽阔的海也可以从一本书里度过。

——题记

甲

虞集老先生在元代的文化界声名显赫，以至于门庭若市。听闻一位从海上来的年轻人想来拜会，自旧朝南宋以来，文化交流极其频繁，不足为奇。虞集继续了解到，此人叫汪大渊，江西人，喜好诗文。他开始感兴趣，答应会面，虞集本人少时因避宋末战乱，随父从湖南迁居江西。汪大渊很兴奋，虞集不仅是大儒，而且是“元诗四家”之一。他恭敬地步入虞集的书斋“邵庵”，送上从印度洋海域采来的珊瑚树，此物浑然天成，虞集反复端详，甚是喜爱，还吟上了几句。尽管汪大渊在虞集眼里是晚辈，甚至是小人物，但相谈甚欢，结下忘年之谊。人们一直在寻找历史迷雾中若隐若现的汪大渊，追赶他奔往世界的脚步，在《虞集全集》万余首诗文中查找有关汪大渊的只言片语，结果大失所望。南昌街头巷尾老人们的口头文学会提及汪大渊的名字，有的甚至能讲出排工号子的唱词：“汪家垄住航海客哟嗬，漂洋过海到夷洲罗嘿。”再详尽一点，便莫衷一是。

其实绝大部分人对汪大渊的印象模糊，或许是郑和的船队过于体面、壮阔，遮掩了汪大渊驴友式的航海。抑或是汪大渊的冒险精神在中庸思想固化的东方不被重视，尤其明中期实行海禁后，汪大渊的事迹近乎绝迹。

留存下来的汪大渊史料寥寥无几，南昌各种版本的地方志均查无此人。他走得太远，必须在一本书里去追赶他，即号称影响中国的百本书籍之一的《岛夷志略》，有限的线索让我们无法读全他，大部分章节让岁月的风吹得散佚了，甚至对他在航海中担任的工作以及晚年生活一无所知，但依然能触摸到一个元朝人特立独行的人生温度。

乙

青云谱施尧村逼仄的汪家垄管控不了汪大渊虎虎生风的脚，他似乎早已明察世事，腹藏万卷书，不屑功名。南昌自唐以来便是重要的造船基地，给汪大渊不安分的心灵以奇幻的想象。泉州算得上汪大渊的第二故乡，这座巍峨的鲤城，被油灯和火把照耀得通亮，马可·波罗惊喜地喊它“光明之城”，这种光明具有世界性的感召力和集聚性，使它赫赫地占据东方第一大港的位置。汪大渊错愕于泉州对外贸易“市井十洲人，涨海声中万国商”的繁华图景，有一种万邦来朝的雄姿，大船云集，每一艘远航的船都是辛酸的叙述，街边操着各种语言的人摩肩接踵，带着盐的气息狂歌痛饮，欧洲、波斯、阿拉伯、爪哇、锡兰、鞑靼——不同的文明在这里碰撞、交流，汪大渊在茫茫人流中目不暇接。江西籍的大儒吴澄谈到泉州：“番货远物，异宝珍玩之所渊薮；殊方别域，富商巨贾之所窟宅，号为天下最。”老谋深算的南宋高宗已不遗余力地展现出这样的大国风范，马背上的元人竟也精明地设计出一套海外贸易的先进制度，鼓励海商们一次次生死远航，在海上形成一条照顾各方利益的黄金之路，营商之风打破读书仕进的儒生观念，汪大渊开始想海，无边无涯的海洋在他眼里倒真是一片可以驰骋的原野。江湖虽大，毕竟在四海之内，他渴望更深的蓝、更激烈的雨、更灿烂的阳光。

人生有很多选择，但也做不了太多的事，能把一件做到妙处，可谓是大成功，这次他选择了与帆一起行进。元至顺元年（1330），元文宗图帖睦尔难以将内讧的元帝国那庞大的身躯从泥潭中拔出来。这些与年甫二十的草民汪大渊并无太大关系，他只是着手安排一次冒险的行动。远航是汪大渊对怯懦、庸常生活的叛逃，对于当时的中国，海外许多地方已经不生疏。他清楚这条航线上的那些事，独步海洋的中国制造“大宋商船”、本朝著名海商世家“杨氏三代”……当然，还有海难，这条航线的洋底不但有丰富的海产品，却也少不了大量的唐宋陶瓷。也许这一去就不再复返，他需要向故土和家人做些交代，信函、诗，还有酒。劝阻的话和依依不舍的泪花挽留不住一颗执意追求自由的灵魂。柏拉图说：“有理想在的地方，地狱就是天堂。有希望在的地方，痛苦也成欢乐。”冬天，是出海的季节。从海上丝绸之路的起点泉州搭乘商船，繁华的泉州越来越远，只剩下依稀的灯火，接着，海天茫茫。那一刻，汪大渊觉得整个大海都交给了他，同时他也把命运托付给了一条船。汪大渊带着复杂的心理站在甲板上，像是踏着一块移动的小小陆地，起伏，颠簸，九死一生。他有些怅然若失，又有些心驰神往。他要去看看不一样的远方，这一走就是五年。

大海掀起了他生活的高潮，远方是迷人的，也是神秘的，不能仅是遥望，只有出发，才可能抵达。海阔凭鱼跃，再远些，他试图推开世界的一扇扇门。这是疯狂的旅行，总有不熄的激情在内心翻滚。

汪大渊沉浸在蓝色的时光里。从泉州起锚，出台湾海峡，经南海、占城、马六甲、爪哇、苏门答腊、缅甸、印度、波斯、阿拉伯、埃及，渡地中海抵达非洲西北角的摩洛哥，回埃及出红海奔往索马里、莫桑比克，横渡印度洋至斯里兰卡，并前往澳洲，从加里曼丹、菲律宾回到祖国。大船穿越浪的丛林，感受船体与大浪之间交互碰击的力量。没有一根缰绳可以拴住这些浪，它们自由，随风起舞，像一群奔腾的动物。时常也会与一些狂野的暴雨、大风不期而遇，浪陡峭地耸立起来，塌方似的砸向船艄。一时暴力、狰狞，一时又平和、肃穆，充满着分裂的禀性，这就是荒诞、离奇的海洋。

草原上的铁蹄在血腥的征途上取得陆地的完胜，却对海洋一筹莫展，海上滔滔巨浪阻挡了草原上成长起来的元朝，而此时的汪大渊像巡海的大神，不在乎前面的生与死。他在汪洋之中倾听和瞭望，这是奇特的体验，高于尘世，充满着神性。海洋让汪大渊变得沉稳、强壮。许多文人可以拥有山川河流，很少像汪大渊这样拥有波澜壮阔的大海，被一种深情、苍茫覆盖，有海浪的重量，有韶华的鲜美，有万丈的豪情，有生死间的飞跃。当我们迷醉于西方的航海故事时，东方亦有以汪大渊为代表的海上探险者，这是东方人缺失的一种身份。元（后）至元三年（1337），元朝已进入最后一任皇帝顺帝时代，虽然算是一位想有作为的皇帝，在位时间也是元朝历届皇帝最长的，但统治阶级已无法挽回一个王朝的覆灭。这年，在首度远航中大长见识的汪大渊忍不住再次从泉州进行为期两年的海上漫游。

汪大渊领略着与东方完全不同的文明，稀奇的异域风情和单纯、野性的原始族群令他乐不可支。汪大渊的航船最远抵达了坦桑尼亚的桑给巴尔岛。东西方之间贯穿着成熟的航线，中国雄健的商船足以抵达非洲，有人介绍元代的远洋船只："舶挂十丈之竿，建八翼之橹，长年顿指南车坐浮庋上，百夫见鼓番休整，如官府令。碇必良，纤必精，载必异国绝产。"所有的危险来自一些地区的混乱、大自然、海上的绿林和暗礁，现在很难具体核实汪大渊在漫漫旅程中所遭遇的磨难，但从他的文字中可以感触每一步的艰辛，汪大渊笔下的占城、暹罗、重迦罗、毗舍耶等地区，"俗喜侵略""俗尚侵掠""俗尚掳掠"，甚至"不事耕种，专尚寇掠"，显然危机四伏。法国启蒙思想家拉美特利说："大海越是布满着暗礁，越是以险恶出名，我越觉得通过重重危难去寻求不朽是一件赏心乐事。"而同时代的摩洛哥旅行家伊本·白图泰也是经历着千辛万苦，才从海上来到中国的泉州。汪大渊的脚步似乎比伊本·白图泰轻松，大概汪大渊的苦楚被他饱满的诗情释解了。

丙

汪大渊是一位诗人，中国古代知识分子中的特例，在缥缈的情绪中携带诗意和老庄的气质游吟，洋溢着浪漫和灵幻。他敬重跌宕的月色和迷离的星光，落在心底，即有咏颂的冲动。梦想、黑夜、死亡交织的情感中，他用诗歌托起海洋、阳光、沙滩、岛礁……像是进行一系列地理写作的采风，他在海洋的腹地和外邦的风情中，以在场者的视觉即兴抒情，惊涛骇浪也只是一则可以入诗的素材，为中国古典诗歌提供了稀缺的诗意图景。写作是安抚心灵的一种方式，他像大海的一位寄宿者，分享着一只船的孤独。诗歌是他内在的光亮，从目前掌握的资料来看，他的诗歌写作颇见功底，并痴迷其中，他说："所过之地，窃常赋诗以记其山川、土俗、风景、物产。"可以联想，汪大渊在作出一首好诗后手舞足蹈的快感，诗与帆诠释着一个南昌人的浪漫。在斯里兰卡采集到珍贵的珊瑚，他欣喜异常。“次日作古体诗百韵，以记其实。”那些诗歌成为完成自我价值的灿烂注脚，他要到更远的地方寻找灵感，从这个角度讲，他是一位奢侈的诗人。汪大渊把海洋装进了诗里，可惜比海洋深沉的岁月将这些诗严严实实地藏了起来，使我们无法再走近汪大渊一点。

西方航海史充斥着霸权、罪恶，而中国的航海船队多为商贸货运，郑和下西洋之前，海商是航海的主要群体，汪大渊就记述了丝织品、瓷器、金属、食品等对外贸易的情况，有的地区翘首以盼中国商船的到来。丰厚的经济效益支撑着汪大渊远航的野心，这种令人惊呼的个人色彩的旅行在那个年代并非罕见，汪大渊之所以为江右商帮在宋元“中国大航海时代”占得一席之地，与一部书的流传有着密切关系。

我指的就是《岛夷志略》。

丁

好多年以后，像是从历史冷寂的深海里打捞出遗落的文字，这部书才从积压的古籍中苏醒，让我们看到了一片元时代的海。外面的世界很精彩，他愿意让更多人分享他的旅程。汪大渊拥有坚硬的人格。在海外，他有许多邂逅，并真实地采录下来，汪大渊强调他文字的可靠性，坦言："皆身所游焉，耳目所亲见，传说之事则不载焉。"在泉州，汪大渊将航海手记整理成《岛夷志》，这与中国古代类似《镜花缘》的诸多海外异志和叙事存疑的《马可·波罗游记》迥异，他不想虚构一个世界，随笔式的纪实体现汪大渊写作态度上的严肃。随郑和下西洋的翻译马欢写道："目击而身履之，然后知《岛夷志》所著者不诬。"从汪大渊的写作能力来看，仅仅界定为商人或是商船上的工作人员，显然单薄了。

一寸寸的海外时光如昨。从险象环生的海上生活回到宁静的书斋，汪大渊收放自如的人生着实令人羡慕。《岛夷志略》是关于元时期蓝色文明的一次深入考察，它碎片化地展示了一卷海外方域、山川、物产、习俗等鲜活的画面，后世熟悉的东洋、西洋之说便是汪大渊提出的概念。

海外的那些华侨逢见家乡来人，用热情与慷慨一解乡思，他们的目光也是远行人心灵的一种慰藉。汪大渊在书中记述着他们的生存状态，譬如居住在帝汶岛的泉州吴氏商人，以及新加坡、柬埔寨等地的华人移民。加里曼丹岛文莱地区对华人格外尊重，甚至伊朗西北部马腊格一带还有一位中国酋长。他提及印度东岸的讷加帕塔姆，中国人在1267年建的砖塔，篆有“咸淳三年八月毕工”。

马可·波罗和汪大渊同处中国元朝时期，前者略早，西方学者称汪大渊为“中国的马可·波罗”。汪大渊的行旅中有着马可·波罗无法企及之处，那就是他的地理大发现，在汪大渊涉足的220余个国家和地区，最引人注目的无疑是澳洲，比欧洲人早了二百年，也是后来郑和船队没有抵达的地方。他绘声绘色地描写澳洲土著人“男女异形，不织不衣，以鸟羽掩身，食无烟火，唯有茹毛饮血，巢居穴处而已”。有的“穿五色绡短衫，以朋加剌布为独幅裙系之”。汪大渊详细述说了澳洲风土物产，应该是关于澳大利亚大陆现存最早的文字记录。当然还需要一些时日的发掘、研究将这一重大结论予以最终确认。

汪大渊等一大批元朝的民间航海家们为郑和国家行为的壮举累积了丰富的经验和技术上的准备，不到一百年，郑和开始了伟大的七下西洋。

戊

泉州为汪大渊两次送行，并等到了他的归来，而那些不断打听消息的家人也是望穿双眼。

汪大渊的视野比徐霞客辽阔得多，然而只是一本简行本的志略让我们无法了解到他更多的文采。他将人生规划得如此紧凑、精练，可谓智者。耽读《岛夷志略》，其实也是考察一段人生，对我们随波逐流的生命何尝不是一次自省？我们生活的航线还剩下几成惊喜？

对于那些无法回到故乡的人，归来是一次凯旋。从海洋深处走来，像是被陆地招了安，他回到出生地，一座内陆中心城市，了却滋生的乡愁，山川宁静，冷雨杂芜，乡音如故。像是出了一趟远差，终于将自己放进了盎然的书卷，放进了南昌青云谱悠然淡泊的庭院。他似乎自在地做起了寓公，以吟诗唱和为乐，并将《岛夷志》节录为《岛夷志略》。在南昌重新刊刻时请到了诗坛大家张翥作序，张翥是一个颇自负的人，对自己的文字特别看重，不愿做的事坚决不做，哪怕是当朝权贵。他有一句名言：“吾臂可断，笔不能操也。”他竟然答应了默默无闻的汪大渊，在序言中谈道：“焕章将归，复刊诸西江，以广其传，故予序之。”另一位作序的是泉州方志主修吴鉴，他在序中提及一件事：“其目所及，皆为书以记之。以君传者其言必来信，故附《清源续志》之后。”这里涉及《岛夷志》的关键推手，也是对汪大渊和吴鉴都有着知遇之恩的偰玉立，此公祖上是回纥人，迁居江西，在南昌考中进士，工诗文，担任泉州的达鲁花赤，勤政务实，颇有声誉，后人称之“色目人之佼佼者”。“达鲁花赤”是蒙古语，是由成吉思汗设立的官职，为地方各级掌握行政、军事实权的最高长官。偰玉立亲自主持二十卷的郡志《清源续志》，聘请吴鉴执行，力邀汪大渊撰写《岛夷志》，偰玉立和吴鉴都认识到《岛夷志》具有重要的文献价值，故附于郡志之后。清代著名的《四库全书》将精简版《岛夷志略》收录其中，它精心绘就了半个地球，一条完整的海上丝绸之路。这本书看不到帝国的意志和旅途的惊心动魄，它从容地走自己的路，在静谧、没有风浪的白纸上讲述着一个蓝色的传奇，给中国古代地理文本带来了热带的海洋气象。

汪大渊还算幸运，多数中国古代航海家无名于史。1979 年版的《辞海》断言：“就清中叶以前有姓名可知的中国航海家而论，其游踪之广远，汪氏当居前列。”汪大渊本是江河之子，履历却横跨了诸多的海，他非典型的人生在《岛夷志略》里完成圆满，此生进入了最后一个港湾。

汪大渊，字焕章，出自《论语》：“焕乎其有文章。”他做到了，家乡人亦以焕章路纪念这位卓越的人和一本书记述的那个远方。

历史再次给汪大渊的子孙们乘风破浪的机会，在大视野大格局的当代中国，有一片海等着我们又一次起锚。

农具

朱镛

时代发展到了今天，谁能说农活不是一部壮丽而深刻的书？认识，理解，经验，从春天泥土的芬芳到它最后沉重的果实的厚味，无一不在每一页的内容里。它有千姿百态的生命在里面，但是，它并不是一切时至就能产生。它需要人们在上面付出劳动和汗水，也需要人们的厚道和所求有度。

我记得在老家村庄里的人，他们干农活经常会说一句话，“人强哪抵得家什硬？”他们说谁家的锄头好使、锋利，一锄下去就挖到底。是的，锄头在手中抡起、挖下，再抡起、再挖下。它在弧线里，与大地保持着劳动的关系。这个动作重复无数次，就可能会换回秋天的果实。我以为，这不是对家什强硬的赞美，完全是一种对待农具的情感和依赖。

我想记叙的就是这些农具，说起来或者都是些破铜烂铁。我时常忆起一个情景，洁净的蓝天，破墙。庄稼地上的绿色在满地荡漾的时候，锄头之类的用具就靠在破墙边，或者挂在墙上。如果放在天井里，一场雨水冲刷，农具上就会泛着黄锈的光泽，与废弃之物，别无两样。就是这些如同废弃的东西，在农事中，却不可缺少。

但是，我主要讲述的两样农具是镰刀和锄头。因为他们是农具，也成了我们村里两个人的“利器”。这次我回老家时突然看见一个满头白发的老人，让我想起了人们在农活中离不开的这些农具。多年前，一把镰刀，一把锄头，把他和另外一个年轻人的人生，分了一个叉。他们本来可以用农具，把日子过得平平静静，没想到，他们却因为手里的农具走进了人生的深渊和黑暗。

真相。嘲弄。贫穷的伤害。尊严。在这里，我不想评判人性的善恶，也不想叙述事件的是非，我只想对它进行陈述和还原。两个事件，我都是在场者。先说叫庆庆的人，这个人比我年长两岁，在村子里与我同辈。20 世纪 80 年代末期，我们都还是孩子。那时，我们每个人身上都带着一把小镰刀。大人用来收割稻谷和砍苞谷草，我们则是每天都必须去田埂上割两捆青草，喂牲口和垫圈。在出发之前，我们都喜欢先在他家门前的一堵破墙上练胆子，玩各种比赛。比谁从墙上跳到地上的距离最远。比谁在墙上奔跑的速度最快。比金鸡独立的时间，谁站得久。最后分出胜负，胜者可以在割草时优先把最好的青草归为己有。我记得在当时，那堵破墙上还有几个红色的大字“春风吹战鼓擂”。在那件事情发生后，我觉得那句标语口号，仿佛专门为他而写，如同咒语一样。

春风吹就不说了，我们每天在破墙上都玩得比春风吹更快乐。当时，庆庆站在墙上跳得太远了，一下就跳到了别人家的菜园子地里。刚好主人家路过，一个叫姜巴三的男人。他是我们的长辈，长得十分粗壮、结实。他的拳头像个榔头。他看见了，庆庆的脚把两棵白菜踩得稀巴烂。他快速过去，就在庆庆的背上擂了一拳头，打得空声气响。本来高兴得笑容满面的庆庆，突然就“哇”地大哭了起来，嘴里骂出了脏话。哭声和骂声一串串喷出，拳脚也跟着在他身上如同战鼓嘭嘭砰砰地响起。

庆庆哭着爬起来就往墙边跑。姜巴三也没有追他，弯下腰去把被踩烂的菜扶起。他正在捡菜叶子，一把镰刀从侧面，插在了他的腰上。“冒血了！冒血了！”我们喊过后，就全都吓得话也不敢说。庆庆在把镰刀插在姜巴三腰上的时候，就像有条狼在他后面追着一样，失魂落魄的脚步声很快就消失了。姜巴三后来被拉到了乡卫生院。

那个时候，庆庆才十五岁。为这件事，他家里喂着的一头年猪也被强行卖掉。为此，他被他爹的棍棒逐出了门，东游西荡了一段时间，也没有再上学，后来进了城当三轮车夫。我挣学费的时候，就是去找他一起蹬过三轮车。长大后，回来提过两门亲事，但都没有人愿意嫁给他。后来说成了一门，喊他赚够礼钱就结婚，结果他还来不及赚钱，说好的未婚妻就在别人的鞭炮声和吹吹打打的唢呐声中被迎娶走了。

他也曾后悔过，就是那一把镰刀，使他过早地失学，在社会中求生存。他现在还远在他乡，很多年了，我都没有见到他。我每次回家路过他家门口，门都是紧锁着，蜘蛛在房檐门框之间，织起了好几张网。

另一件与锄头有关的事情，也是在多年前，因为守水。对于这个老头子，我那时候其实是非常不喜欢他的，因为我曾丢失过一把锄头，我一直认为是被他偷走了。甚至很多年时间，我只要见到他扛着锄头都觉得就是我丢失的那一把。但是，守水发生的事情，我对他一直愧疚，我觉得是因我而起。我记得那一年，田里的秧苗刚刚活过来，就遇上了干旱。一个星期的时间不到，春天的秧苗就变成像秋天一样的颜色了。每家都去守水，有的守白天，有的守晚上。晚上还分上半夜和下半夜。我在半夜鸡叫的时候就拿着锄头和手电筒去守水，在路上遇见了老头。事实上一个夜晚都有人，只是我们一同顺沟理水的人会在同一条心上。大家一同合作，到该分叉的时候挖开一个小口子。但每个人必须到村庄后面一个叫后河湾的地方，把水引下来，然后与流水赛跑，跑到分叉处，各人守住一个口子。上面引下来的水，到了支流处的一个水口流点，越往下水就越来越小。我们都不能死守着自家田里的水口子，只有守着大股的水以防别人从中分走。他守最上面，有人守中间，我守下面，一条沟上排起的人像桩子一样钉在那儿。快到天亮时，村里又来了一个年轻人，他从源头理了下来，到了老头守的口子旁，他要分一股水。老头不让，两人起了争执后，年轻人扛着锄头走了。到了我这儿，他威逼我说分他一股水，不然就把我的全部堵掉。说着就直接来挖我守着的水口子，我当然也不让。他挖开，我又把它堵上。我和他正叮叮当当地在相互搅拌锄头，没想到老头过来二话没说，抡起锄头就向他敲去。他倒在了沟里，老头才说："大天光了才来，让我们白守大半夜？就球大点本事，欺负个小娃娃！"

出事。围观。热闹。很多人像是闻风就围了来，七嘴八舌，同情地说："不就是一点水，乡里乡邻为何下这样的毒手？"咒骂地说："该打，这种人该打。劳力不出，就图捡便宜！"可是老头一口咬定说："他打个小娃娃，人家既不回嘴也不还手，我咋看得过去？"

当有人把他从沟里扶起来，看见泥浆上的血，大家都沉默了。谁也不再抱怨，谁也不再争论，背着把他送进了医院。

老头没有想到，他劳动所用的那一把锄头工具，成了罪犯的利器把他送进去了。因为他拿不出医药费的钱，这件事被报了公安，最后确定为利器伤人，判了他十年。十年后出来，他依然还得扛着锄头，去到地里开垦生活。关于这件事，在我的生命里有着一缕阴森的苦恼。我一直在想，他究竟是从一种狂野不羁的悲伤中爆发，还是因为对我的关怀。后来，尽管我知道真实的原因是，他既不是一时的爆发，也不是为了我，而是与那个人的父亲的过节引发的一场纯粹的旧仇报复。但我愿意相信，他是因为我而惹出的事端。如果不是我，他可能不会用锄头把那个人干翻，这样他就不会在牢房里蹲了十个年头。给予我安慰的是，我回去经常见到他，他的生活并不因为坐过牢而暗淡。恰恰相反，他很阳光和安静，对生活体察入微。我注意过几次了，我发觉他有一双极其敏锐的耳朵，从人的脚步声或者说话声中，他就可以触摸到一个人的面孔。

当然，锄头的作用在日常的农活中不言而喻，却也不会被人们当作更重要之物。人们用时，就拿起它，不用时就随便放在一边。乡土的生活就是自然的，没有遮遮掩掩。比如哺乳期的女人，在地里干活，孩子饿了哭了，女人锄头一丢，就给孩子喂奶。谁也不会奇怪，因为那是神圣的哺乳。年轻的小媳妇们，只要坐在一起，她们会把白天里发生的事情像滚豆一样滚出来。现在我发现乡村里的筛子很少见了，以前经常看见在草垛旁，那些年轻的小媳妇会坐在一起，一边用筛子筛豆子，一边相互说着故事。她们的生活里，总是有烟火、有肉味、有火焰的焦香。

我之所以记述这些农具，不是为了想说出它们对人类的价值。我只是为了想表达无论时代如何发展，或者在任何情况下，它始终具有其潜在的意义。

奶奶的尘世

陈允绣

一

大概五六岁起吧，我就老爱跟着奶奶，晚上也跟奶奶睡觉。我睡里边，奶奶睡外边，奶奶像堵墙，护着我。奶奶身子肥胖柔软，我个儿小，总钻在奶奶的胳肢窝下，这样才能睡好觉。

奶奶常年胸口疼，夜里疼起来就会“咳咳——”地呻吟。奶奶总跟熟人邻居说：“我孙女很孝顺，夜里一听到我胸口疼，迷迷糊糊地，小手就在胸口上捶起。”

奶奶言外之意，我那没四两重的小手，在她胸口上一捶一捶，疼痛就得以缓解。邻居也总羡慕地说：“这个闺女就是你的积蓄，做女儿用了。”这话奶奶很受用，却又若有所思。

每逢上学日子的清晨，妈妈叫我起床上学。奶奶总说，让孩子多睡会儿觉，长身体。妈妈敢怒不敢言，嘀咕几声，离开房间门口。

有躺在边上的奶奶撑腰，本来就贪睡的我，心安理得继续睡，使劲地钻进奶奶的胳肢窝，恨不得能窝进她的身体。再抬起左手，绕过奶奶的胸部，想搂着她的身子，够不着，就像蚂蚁够不着一块面包。

或是在我没到上学的年龄，或是周末的清晨，奶奶坐在房间的木门槛上，斜着身子，侧着头，左手扶着瀑布般的长头发，右手握着木梳子，顺着头发向下梳，一道又一道。我拿着比个头还高的芦苇笤帚，在偌大的客厅地板上扫来扫去，如红孩儿拖着芭蕉扇耍把戏。奶奶慢悠悠地对我说："扫厝扫厝边，洗脸洗耳后。""先扫左边第一间房的壁旁地，再扫第二间的，慢慢来，一一地扫。""小妹很聪明！学会扫地了！慢慢学本领，将来做人媳妇，在夫家才能站得住脚。"那时的我不懂，做人媳妇在夫家站得住脚，有什么意义。但奶奶的话，让我美滋滋的，便拖着笤帚越扫越来劲。

在餐桌上，我和哥哥比赛吹口哨，你一声我一响，谁也不服输，争得面红耳赤，动口不过瘾，就拿筷子做兵器，双方持枪持棒交战。奶奶拔走哥哥手中的筷子，严厉道："吃饭时不能讲话，一手扶碗，一手拿筷子。不能用筷子指人。要做有家教的孩子。"我和哥哥嘟嘴对视，乖乖地吃饭。

十八年后，我在兴贤中学教书，奶奶的坟墓就在学校对面的山上。黄昏时分，厚厚重重的云雾盘踞在空中，夕阳透过空隙，迷离的光柱投向大地。我站在教学楼，遥望奶奶的坟墓，我多想听听奶奶说话，可奶奶再也开不了口了。

二

俗话说，女人能顶半边天。可是奶奶却是我们大家庭的一整片天。甚至在我的眼里，我觉得她在缔造一个国。

在农村，最大的事儿，莫过于嫁娶、盖房、建坟三大件，生死相依。

奶奶此生，盖三栋房子，筹办十桩嫁娶，安葬已逝宗亲长辈，修筑长辈坟墓，一个工程还未竣工，另一个又在等着她接单。如此，施工，竣工，往复如斯。

奶奶为儿子们一一选定了理想的媳妇，张罗婚事：选择吉日、筹礼金、备聘礼、筹划婚宴等。

奶奶说，娶个媳妇进门，就像十月怀胎，劳心劳神劳力，到瓜熟蒂落才可。白天，奶奶里里外外地张罗；夜里，她脑里、心里，翻江倒海般运筹。小到筷子，大到金银首饰的筹备，若有意外发生，还需有处乱不惊的从容，急中生智的应变。

二叔叔的婚事是奶奶最为小心谨慎操办的一桩。

二叔叔一米八多，魁梧英俊。当年，总能见到妙龄少女，慌慌张张地出现在家门前，偷偷看二叔叔一眼，就害羞地跑走了。也有许多人找奶奶说亲，奶奶拿出选媳妇的标准：看姑娘三代、性情、身体、长相、口碑。千挑万选，终于为二叔叔选中了满意的媳妇。

奶奶要为二叔操办个隆重的婚礼。女方的礼金、聘礼、婚礼等，得胜过一般的档次。这些都需要不少的资金。

不巧，那年爷爷两条大腿莫名肿胀，直到溃烂，不能走，一年左右不能出工，造成资金紧缺。

奶奶真是神通广大，遇到多大的坎，都能一一跨过。不知当时奶奶使了什么法子，筹得大笔资金，隆重地操办了二叔叔的婚礼，令乡人赞不绝口。奶奶在人们心目中的形象又光彩了一分，二叔叔和二婶婶也极满意。

二叔叔和三叔叔是同龄，办完二叔叔的婚事，紧接着的就是三叔叔了。

那日，是迎娶三婶婶的黄道吉日。家里洋溢着喜庆的气氛，贴满红联、红布、红双喜。正厅中央摆上拜堂的天地桌，挂着暗红色的绣有龙凤呈祥的帷幔。正厅东北角八仙桌上，摆着水果与茶水，四边围坐着七八个吹唱手，正吹唱着闽戏《驸马》；孩子们追逐嬉笑；大人们忙碌着，互相召唤着，楼上楼下的前厅、后厅、侧厅、弄堂，摆了二三十桌宴席。热闹而嘈杂，堪比戏场。

奶奶依然身兼婚礼的总策划、导演、财务等职。两三个月前早已运筹其事，紧张筹备。今日，一切井然有序地进行着。奶奶踱着从容的步子，来回过问着每个流程的细节，生怕出点纰漏。万事虽俱备，东风还未到，奶奶心中的石头还未落地，她却能不显山不露水。

申时，一个派去迎亲的宗亲，急匆匆地赶回，向奶奶汇报，新娘子提出，聘礼要增加一条金项链，不然，不肯出门。这下如何是好？就差一个时辰，良辰即到。奶奶看着家里陆续到来的亲朋、忙碌婚礼事务的帮手，熙熙攘攘，竟一时无言，两手紧攥着拳头，微微颤抖。俄而，她掷地有声道：“传话给新娘子，这八抬大轿是迎娶陈家明媒正娶的媳妇，不是做讨价还价的买卖。良辰一到，无论新娘上不上花轿，迎亲队伍即刻带着吹唱班，热热闹闹地抬回大花轿。男方这边照规矩迎亲、拜天地、开酒席，照样隆重举行。”说完，挥手示意迎亲人员立刻前往，并安排在大路口迎亲的小孩们，提上灯笼，举着火把，拿着小镲，立刻各就各位。

时间一秒一秒地走着，奶奶的心里有如十五个吊桶打水，表面却不慌不乱，指挥着全局。宾客及局外人浑然不知掩藏着惊雷。

酉时中，门外传来喇叭唢呐声。

民间有说：新娘子进门时身带煞气，因此男方的亲人要躲起来。藏在楼上的奶奶，紧张到手心冒汗，闭着眼睛原地来回走动。不久，迎亲的锣鼓声渐渐近了，一声“新娘到”，格外响亮。奶奶猛地吁了口气，一屁股坐上凳子，回了会儿神，笑盈盈地下了楼，接受了新娘的跪拜和敬茶，招呼了宾客们的宴席。之后，奶奶从不提及此事，使得三婶不为此事尴尬。

三

家里人口多，遇上饥荒年代，物资极度匮乏。奶奶为保全一个十几口的大家，使出十八般武艺。这种天分，是我们家族得以存在的汩汩源泉。

比如，食不果腹，她能变出花样：用甘蔗渣磨成粉，用地瓜藤榨成汁，捏成乒乓球大小的粉团，放在锅里蒸熟，分给每个小孩填填肚子。

手上没活钱，奶奶带着十一岁的大儿子，各挑着几十斤农产品，一前一后，趔趄于十几里崎岖、荒草丛生的山路，从霍童到周宁咸村公社，做小本生意，赚得小钱，换来全家的口粮。

奶奶在余留地上，搭了牲口圈，养母猪、养羊、养鸭子。她给每个孩子分配不同的任务，煮猪食、拔猪草、放羊、喂鸭子等。父亲说：“那个年代那么苦，我们却每天乐悠悠地，哼着歌劳作。大家从来不吵架，互帮互助，其乐融融。你奶奶有远见，无论多穷，都要我们每个孩子上学读书。”

爷爷家只有两间房，奶奶和十二个孩子挤在一间睡，另一间让家里的男人睡。可奶奶却能在家里开起小客栈。冬天，来村里做红糖买卖的屏南小商贩要住宿。奶奶腾出房间，租给商贩。带着一堆孩子在柴垛边睡，燃起灶火取暖。那场面，就如一群小猫小狗安卧于暖阳普照的麦秸垛边。奶奶搬条凳子，点起桐油灯，坐在边上，边守护孩子，边熬夜纳鞋底、缝衣服。奶奶用千针万线，穿出了十几口人的布鞋、衣裳。

奶奶把自家的事打理得井井有条，遇上别人要帮的事，也张罗得四平八稳的。

20 世纪 70 年代末，街上，一个卖铁锅的男人，哭天抢地。奶奶问明情况，他丢了替工厂卖十几口铁锅的钱，一口铁锅五元钱。他倾家荡产，也赔不起，绝望到想死了结。奶奶开导他：“钱没了还可赚到，命没了就什么都没了。”天黑了，奶奶就带他回家，吃饭，过夜。次日早上，奶奶拿了5元钱，送给他做本钱。这个七尺男人伴着抽泣声和磕头声，“扑通”跪在奶奶面前，邻人不解，说小气的奶奶怎么又那么大方，脑子不正常了。奶奶道：“那不是钱啊，那是一条命呢。”以后，这个男人常带着妻儿来看望奶奶，说她是救命恩人。

奶奶的闺蜜多。邻居么么婆婆丈夫早年去世，她独自拉扯大一女和四儿，大儿子娶了媳妇，其余都未婚。么么婆婆老了，说话时，嘴巴一瘪一鼓的，如塑料袋被风一吹一压。她向奶奶哭诉：儿子媳妇都嫌弃她，不给饭吃。奶奶即刻安顿她吃饭。接着，急匆匆赶去么么婆婆家，一顿操作。当晚，儿子们来领么么婆婆回家，还承诺以后定尽心赡养老母亲。不知道奶奶施了什么法，让么么婆婆的儿子们良心发现。在乡村世界，奶奶是有魔法的。

自古姑嫂关系总不和，可奶奶和舅婆却是亲密无间的闺蜜，舅婆和姨婆隔三岔五会从周宁来我们家做客。她们对我也特别亲，估计是爱屋及乌吧。舅婆长得清秀贵气，能说会道，一跨进家门口，就轻车熟路地从脸盆架上拿起脸盆，舀水洗完脸，摸着我的脸，就开始滔滔不绝了。

“你长得像你奶奶。她年轻时比你还漂亮，两条乌黑的大辫子，在屁股上一甩一甩地，前面走，后面的后生都看直了眼。”舅婆突然压低嗓门儿：“你的智智公公对你奶奶可好，你奶奶也喜欢他。”“别胡说！”奶奶嗔怪道。舅婆赶紧捂住自己的嘴巴，快速走到奶奶身边，四只手就缠在一块了，一会儿窃窃私语，一会儿又是哈哈大笑。

婆婆们爱跟我讲奶奶的故事，宛如讲起她们心中偶像的事儿，乐此不疲的。奶奶既享受着别人对她的敬重，也享受着我像小女儿般，伴在她身边的天伦之乐。

四

幸福与强大背后，往往隐藏着无奈。

素来，爷爷和奶奶各睡各的房间，两间房隔着一面木板，不足两公分厚，板墙隔开了两张床铺，也隔开了爷爷和奶奶的夫妻之实。印象中，未曾见过爷爷和奶奶同坐一条凳，或同走一条路。

爷爷奶奶之间的交流仅限于木墙两端，他们的交流是有特殊信号的——“咚咚”，爷爷或奶奶用手指关节叩打房间板墙。

夜里，爷爷常做噩梦，发出“呜呜”声，像有人掐住脖子似的难受。极少深睡的奶奶，急叩板墙道：“伊爷，醒醒，醒醒！”那头，一声沉重的“嗯”，爷爷醒了。两端无语，双方继续安睡。

“咚咚”——他们的通话开始。

“伊爷，说媒给三儿的几个姑娘，我看中的是教书的霍童姑娘，她父母老实。”

“伊奶，我看柏步林家姑娘挺好，高大壮实。”爷爷弱弱地回应。

“绝对不行！这姑娘不行。”奶奶反应之大，像猫尾巴被踩到；紧张而过激，也像老虎争夺地盘。

“就按你说的做吧，伊奶。”习惯了家事放手的爷爷，不再吭声了。

在做重大决策时，最后总是以奶奶的决定为准。奶奶有股统帅三军般的威严，牢牢控制着家的统治权。

我的爷爷，是一名泥瓦匠，憨厚老实、头脑简单、说话直接，不懂人情世故，从不走亲戚，只会心无旁骛于自己的手艺活。

奶奶每每回娘家，娘家人问她："姑丈怎么都没和你一起回来呢？"

她定会说："他常年都在外地做工，实在没空回来，他心里很是过意不去。"

奶奶常会拿些零用钱给太外公，说是爷爷特意从外地寄回，孝顺老丈人的。奶奶在外总对人说，家公家婆待她都很好，儿子媳妇又听话又孝顺，等等。

奶奶在外总要为爷爷及家庭争足面子。为了她缔造的国，奶奶真是操碎了心。

在筹办每个红白喜事的时段里，奶奶总是整夜整夜睡不着，挖心挖肺地思虑，胸口疼痛更厉害，她不断捶打胸口，伴着痛苦的呻吟声。她偶有举起手，欲将击扣隔开她与爷爷的那堵板墙，手指关节与板墙隔空良久，最后，她的手还是轻轻地落下了。她知道，从爷爷那儿能得到的仅是："哦，你看着办吧。"

寂静的深夜里，奶奶睁着双亮亮的眼睛，无奈地听着老鼠老猫唧唧呜呜声，猫头鹰啼叫声，大门开启的吱呀声，小孩夜啼声，还有睡在隔壁房间的爷爷的呼噜声，此起彼伏，不绝于耳，听得又清晰又心焦。她的脸上写满不堪重压的无助，无人倾诉或慰藉的孤独，与白天精神焕发、气场十足的她，截然不同。

无数个这样的夜晚，王一般的奶奶，也需要一个男人，让她依靠，与她分担压力，聆听她倾诉，给她柔情。可憨厚而木讷的爷爷，终究成不了奶奶背后那个柔情的男人。

五

奶奶的父亲姓汤，是周宁县咸村川中的地主，奶奶排行第二，上面有个姐姐。奶奶生于1928年农历六月十七日午时，来了个五行先生，人称明先生，闻名远近，说她命硬，克兄弟，旺夫家。古训“不孝有三，无后为大”，须生男孩继承香火，这个女婴必须离开家门。

一个寒冬的凌晨，灰蒙蒙的天空，飘着绵绵细雨，宿命般的阴冷。五岁时的奶奶，在深睡中，被套上棉裤，裹上棉袄，离开了给她锦衣玉食的家，被送到一个贫苦之家。一夜之间，由受宠爱的娇贵的小姐，惊恐万分地，成了小童养媳。

在这个农家，陌生带来的恐惧，让她无处躲藏。天色一暗，四周就成了一只黑色的巨掌，向她伸去，她惊吓啼哭，哭到睡，惊醒哭。爷爷的祖母心疼小童养媳，会抱她，使她安定下来。白天，她像一条可怜的小狗，或蹲在墙角，或站在门口角落。她吃不饱，饿得受不了就哭。爷爷的母亲是哑巴，总是咿咿呀呀的，可能是责怪她太矫情，做了童养媳就该认命。大她五岁的爷爷只当家里多了个小动物，不冷也不热。

做了童养媳就要扫地洗碗。

土灶比五岁的她还高，够不着灶台，就用石头垫脚，有时站不稳，连洗碗桶一起拉下地，水一半泼在地上，一半在桶里晃动。她的身子趴在湿滑的地上，惊慌失措，爬起来直发抖。哑巴娘冲过来，咿咿呀呀，训斥她。祖母看到，快速踮着小脚，抱起她，抬起洗碗桶，扫去碎碗片，嘴里还念着什么。

七岁时，祖母让她提着竹篮，装着盘来的香烟花生光饼，走街串巷地叫卖。祖母也盘了同样的货物，让大叔公去叫卖。竹篮圆面大过奶奶身子，篮柄套在她手肘上，勒出一道道殷红色的印痕。她走累了，蹲地上歇歇。走着叫卖，停歇叫卖。生意做了几天，她就知道哪里顾客多，东西卖得快。那就是赌场，人多，钱多。晚上，她小心翼翼地，把赚到的钱交给祖母。每天她赚的总比大叔公多。祖母夸她机灵，是做生意的料儿。祖母的鼓励给了她力量，以后做事就更认真更卖命。渐渐地，她在家里就有了点儿位置，哑巴娘不再那么苛责她了。

长大些，奶奶可以回到十里外川中的娘家。一年可回几趟，一待就是二十来天，每回都会从娘家带回大米、面条、白糖之类食物，还会偷偷带回点儿首饰、银器、银圆等贵重什物，这些在很大程度上改善了爷爷家的困境。更重要的是，奶奶耳濡目染了地主娘家的治家之经和处世之道，由此，奶奶有了掌管大家庭的文化，厚实且系统。

新中国提倡婚姻自由，允许童养媳离婚，十里八乡的许多童养媳离了婚，人们也劝奶奶离婚。奶奶说："我不离婚，我的男人给了我一个家。他忠厚老实，身体结实，能吃苦。现在分到田地，可以自力更生，夫妻齐心协力，这个家会好的。"

奶奶自言自语，像一名战果累累的英雄战士，自豪地擦拭着耀眼的勋章；又像个伤痕累累的俘虏，痛苦地注视着结痂的伤口。

唉，奶奶自小被家抛弃，在奶奶的心底，有个可以自我主宰的国一般的家，就是她一生的渴求吧。对她而言，家是事业，是救命稻草，也是一生的隐痛。

六

奶奶第一胎生下一个女婴，不幸夭折了。之后，奶奶连着生了七个男孩，再也没能生个女儿了，老五老六夭折了，存活了五个男孩，这大概是天意吧。

20 世纪 60 年代初，太爷爷、太奶奶先后去世了。大叔公夫妇也在这期间因病相继去世，留下一对骨瘦如柴的儿女，女孩 8 岁，男孩 6 岁。奶奶很自然地领回这对小姐弟，视如己出，抚养他们长大，上学，当兵，就业，嫁娶成家。他们即是我的姑姑和二叔叔。

奶奶把姑姑许配给一个有文化、幽默风趣、脾气极好、家底殷实的退伍军人。那时，我喜欢去姑姑家做客，打心底认为二叔叔和姑姑就是奶奶亲生的，毫无生分感。

太叔婆在 1949 年去世，太叔公（爷爷的叔叔）牵着一个十岁的女孩，抱着猫一般大小的男孩，无助地站在奶奶面前。还未当过母亲，快要临产的奶奶二话不说，接过了那个小男孩。在奶奶的照料下，这个小猫般的男孩皮肤光滑了，像枯草得到雨露的恩泽。爷爷与这个男孩是同辈，这样，奶奶与他就既是叔嫂，又是母子了，一直将他抚养长大，娶妻成家。

爷爷兄弟姐妹六人，爷爷排行老大，一个妹妹，四个弟弟。20 世纪 60 年代初，姑婆去世，留下两个幼儿，奶奶不假思索地把他们带到身边。奶奶常说：“就是多添几双筷子，大家就都有家了。”

1958 年，26 岁的四叔公（爷爷的四弟）在六都码头坂修水利后，患上怪病，全身无力，不能提不能扛。奶奶知道“长嫂为母”的道理，也给了四叔公一个有人疼爱的家。

1960 年，太奶奶娘家的一个六岁小女孩，不愿过早给人当媳妇，跑出去东躲西藏。天黑了，睡在放棺木的破屋里；饿了，挖地瓜野菜充饥。婶婆哀求奶奶，收留这个女孩。奶奶看着家里的十一个孩子，睡的、穿的、吃的，都紧缺，左右为难。再看看这可怜的女孩，仿佛照见了自己的过去，奶奶想，熬一熬，于是收留了这个女孩，让她有了家。

在那个物资极匮乏的年代，奶奶组织起了一个大家庭，责无旁贷地，担起大家庭的重担。为了保全一个完整的家，她拼尽全力，积劳成疾，落下一身的毛病。

奶奶这般执着，跟她自小被家抛弃，有着千丝万缕的联系吧。

七

20 世纪 70 年代初，爷爷奶奶带着家里的所有成员，从原来的两间老房，搬到了亮堂堂的两进两出的大木房。奶奶用严格的标准，为儿子们精心挑选到理想的媳妇，让儿子们陆续地开枝散叶，各立门户，把大家庭升级成大家族。奶奶大半辈子紧握的主权，也渐渐被瓦解了。儿时被遗弃的恐惧，再次与她相依为命。奶奶犹如一棵花残叶落的枯树，形单影只地瑟缩在西风中。

我的父亲是奶奶的长子，也是她的战友、精神支柱、情感依靠。我的母亲是周宁一个小山村的姑娘，是奶奶精心挑选的第一个儿媳妇。母亲年轻时，健康、貌美、勤劳能干、聪明机智，正合奶奶心意。

当年，我的父母新婚燕尔。每日卯时一过，不见儿子媳妇出卧室，奶奶便会带着怒气，急敲他们房门："日头已照家门口了，还能睡得着！"她立于门口等待屋内回应，听闻儿子应声："已经起床了。"便有种捡回失物的庆幸，转身离开；若无回应，失落会笼上她的脸，继续敲门示意，直到确定他们已起床。

不久，20岁的母亲怀上了我哥哥，害喜厉害。初，我父亲颇体贴，见母亲孕吐不止，怕她营养不良，便亲自下厨，煮个蛋、下碗面。奶奶见了极不悦：“我生那么多孩子，也没见你爹给我煮个蛋。你的老婆这么宝贝！”22岁的父亲，以为做错事了，极为害羞。以后，父亲就不再体贴老婆了。这让母亲滋生了对奶奶的不满。奶奶也无意识地，视第一个儿媳为异己。

我的母亲和父亲在创业上，倒是天作之合的一对。从生产队合作，分到个人劳作，他们用勤劳的双手，聪敏的头脑，使出浑身解数，很快就让小家庭农粮足仓库满。20世纪80年代，父母与村大队合作办起茶厂，经济效益好，生意做得风生水起的。同时，我父母之间的矛盾、母亲与奶奶之间的矛盾，弥漫在空气的每个角落，每一寸空气里都隐藏着硝烟。

我的母亲，耿直、认死理，这些成了奶奶难以制服母亲的堡垒。

我的父亲年轻时，形象佳、身强体壮，在那个年代也算是个高富帅了，总是风流韵事不间断。母亲就会用她的“一哭二闹三上吊”的杀手锏来维权。

每次维权战争爆发后，奶奶悄然出现在战场，像个和事佬，淡定地看着精疲力竭、失态的母亲，俨然局外人的父亲，不急不慢地说：“男人是天，女人不可捅破天。男人是要靠面子去讨吃，把男人的面子撕破了，女人还有什么面子。夫妻床头吵架，床尾和……”

奶奶的话句句有理，也句句在批评母亲，不具备作为大家庭主妇的素养。

奶奶总是站在儿子一边。这样，我父亲和奶奶的心依然近着，奶奶依然是他的精神领袖。奶奶给儿子的思想是：母亲是最亲的人。

我的大叔叔幽默风趣、懂生活，深受奶奶疼爱。大婶婶是个性情平和的女子。大叔叔与我父亲同时分出大家庭，自立门户。而大叔叔的家庭始终没有起色。有人议论，大婶婶不灵活，不如我母亲能干，一个女人决定一个家。人们对大婶婶的评价，奶奶听了极不悦。

奶奶疼爱大婶婶，不知道是爱屋及乌，还是大婶婶让奶奶有女儿的感觉？奶奶人前人后夸大婶婶，亲昵如母女。她暗里对大婶婶说：“我疼你如亲生。”奶奶想方设法，帮助他们摆脱贫困。奶奶明里暗里，从我父母家里拿些钱财货物，匀给他们。

我母亲极不高兴奶奶的偏心，当面抗议奶奶的“强取豪夺”。奶奶理直气壮道：“我还是当家的，况且母亲拿儿子的东西，天经地义，怎么会轮到媳妇来干涉呢！”一根筋的母亲哪肯罢休，造成婆媳的矛盾再次升级。一贯掌控家庭统治权的奶奶，威严受到极大挑战。那一刻，奶奶全身颤抖不已，大脑急速运转，努力保持冷静状。

那时，少言寡语、郁郁寡欢的我，目睹着家里频繁发生的战争，心爱的母亲与父亲争吵，最亲近的奶奶和母亲针锋相对……我的心里像火山迸发，喷出复杂而又不明的感情，犹如火烤油煎，无比煎熬与折磨。有几次我决绝地跟母亲说：“妈妈，你和爸爸去离婚吧。”似乎，只要他们离婚了，大家就都能脱离苦海了。

农村的除夕之夜，家家户户热热闹闹的，男人们悠闲聊天；女人洗洗刷刷，煮煮炸炸。最高兴的还是孩子们，穿上新衣，拿到压岁钱，手里拿着、口袋里揣着、嘴上叼着，都是吃的，玩着捉迷藏、老鹰抓小鸡、跳房子等游戏。可这些都不能让我高兴，我就像一个孤独的幽灵、无魂的跟屁虫，奶奶走哪儿我跟哪儿。

奶奶六十大寿，除夕之夜，她捧出一小布袋银圆，私下逐一分给各家儿媳，公开说："每家分的数量都一样，孙儿分的也一样。"奶奶慢悠悠地，踱到大婶婶厨房，愉悦地凑近大婶婶，小声道："我给你的最多，不要让你大嫂听到。"大婶婶冷冷地回了句："娘，你都是说得好听。"奶奶满怀期待，想到大婶婶这儿暖暖心，冷不防，被浇了一盆冷水。只见奶奶愣了一下，一屁股瘫坐在边上的长凳上，一阵无语。俄而，啜泣道："我的七分心都给了你，没想到……"那是我第一次看到奶奶哭。轻易不弹泪的奶奶，那日该是有多伤心呀。那刻，奶奶往日的霸气全然不再，像一只受伤的狮子，无助颓废，让人心生怜惜。

老话说，父母爱幼儿，爷奶偏长孙。小叔叔是奶奶老而得之，奶奶对他尤为溺爱。小叔叔身子板瘦小，聪明顽劣，人称“小麻雀”，身边时刻跟随着一班比他高一头的大孩子。夜晚，带领一群小伙伴，捕完麻雀，炒麻雀粉干，抓完田螺，炒田螺；白天，带着他们翻地瓜、烤地瓜、摘毛豆、打山鸡……点子不断，每天玩出各种花样。

小叔叔兴趣广泛。爱上书法，学书法；爱上美术，学美术，学什么像什么。那年代，霍童没有专业老师，他常到宁德、福州去学习。这确实要一笔较大的经费支撑。后来，他又爱上摄影，要买照相机。不懂艺术的奶奶，看小叔叔越来越像一台烧钞票的炉灶，断然拒绝了他。他急了，又哭又闹，奶奶还是不肯掏腰包。被激怒的他，歇斯底里地，朝奶奶的小腿，狠狠踹去。这还了得，奶奶一定疼到了骨头，更疼到了心里，捂着疼痛的小腿，哭喊道：“你这不孝子，竟敢打母亲，真是养鼠咬布袋啦！”

奶奶状告到娘家，寻求依靠，还请来舅公主持公道。教育了小叔叔，向奶奶赔礼道歉。奶奶多么爱面子，不到万不得已，绝不愿把自己的委屈拿出来见光，更不愿把自己的不堪亮给娘家。

就这样，一件家丑公之于众了。连多年未来往的智智公公也来家里。智智公公年轻时喜欢奶奶，奶奶也喜欢他，他一生未娶。有人说，智智公公一直在等奶奶，奶奶心里也一直有他。

智智公公搬条凳子，静静地坐在奶奶身边，偶有几句私语，像个腼腆的小男生。奶奶却越哭越委屈，柔情万种，像一个小媳妇。良久，奶奶像条流落在外许久的小狗，终于被主人领回，一脸惊魂未定。

年轻时的奶奶，在多难的岁月，都能用坚毅和顽强抵抗种种困难。年老了，奶奶就像一只丢了壳的蜗牛，那么柔弱，那么无助。

奶奶一生都在追寻着一个梦，这个梦也压垮了她。原来那个可以肩挑万物，心纳万事而不惊，巾帼不让须眉的奶奶，变了。肥胖、糖尿病、高血压、冠心病赖上了她。她常常一个人木木地，坐在家门口那块扁平的石凳上，像当年被遗弃而惊恐的可怜孩子，也像一截即将熄灭的短蜡烛。

八

一天清晨，奶奶颤巍巍地，从卧室走出来，惊恐万分地指着自己嘴巴。原来，她醒来发现自己失声了。当天，奶奶就不能行走，大小便失禁，卧床。从此，奶奶的世界只剩一张六尺长的床了。几天后，奶奶全身只剩眼睛和心脏在工作，大小便随时会溢出，其余“零件”全都罢工了。爸爸和叔叔们商量后，将奶奶搬出房间，放在后厅走道边铺好的一张三尺不到的床上，一边给奶奶挂着点滴，一边等待着她油尽灯枯。

每对父母都含辛茹苦地，一把屎一把尿，拉扯孩子长大成人。可让子女为久卧病床的父母拾掇屎尿，可就难了。久病床前无孝子，这是自古难题，奶奶养的一群孩子也一样。

在奶奶卧床前期，儿子媳妇们倒能每日前来看望，领养的孩子也能来探望几回。

时日久了，奶奶的孩子们就不再频繁来看望她了。大多厌烦给屎尿失禁的她擦洗身子，不愿洗屎尿裤。偶有到来，也是拧着鼻子，撇着嘴，草草地拾掇床上的污秽。更别提有人能久坐于床前，陪她说话聊天了。奶奶常孤零零一人，静悄悄地躺在三尺床上，听着家里偶有的脚步声。

最常在她病床前的，却是她嫌弃的大儿媳。每天，奶奶一动不动地躺床上，眼里含着浊泪，看着定时为她换屎尿裤、洗身子、按摩腿脚的大儿媳，脸上写满了感激和依赖。我母亲最不愿和奶奶说暖心话，甚至，还会和奶奶说些郁积已久的抱怨话语。这时，奶奶还是直直地，盯着大儿媳，那时的奶奶就像一个做错事的孩子。

奶奶疼爱的大婶婶，看望奶奶时，总会和奶奶说说话、谈谈心。可是，大婶婶总是忙于家事，不能常来看奶奶。

孙秀婆婆是奶奶亦敌亦友的闺蜜，也是婆婆们中寿命最长的一个，她见证了奶奶作为童养媳的一生。她拉条凳子，坐在奶奶的病床前，老友式地攀谈，准确地说，只她一人说，奶奶听。“你呀你！别人看你风光体面，其实你就是一个苦人儿！只有我最懂你了。”孙秀婆婆一边搬动着奶奶笨重的手臂，一边既得意又难过地说，“你呀，从小被你爹妈抛弃，做了童养媳，艰难地经营了一大家子，看似为一大家族的掌门人。唉，看看你躺在这儿的样子。可怜呀！人啊，终究是斗不过宿命的呀！”奶奶呆滞的双眼，慢慢地合上，两颗浑浊的老泪，从眼角滑过太阳穴，消失于鬓发间。孙秀婆婆突然拧住鼻子，离开凳子，朝前厅喊：“周宁，你娘又拉屎了，很臭！”

孙秀婆婆和奶奶较了一辈子的劲，奶奶也和自己较了一辈子的劲。最终，奶奶输了，再次应了五行先生的谶语。

大概半年之后，爸爸召集兄弟们说：“伊妈估计熬不过今天了。”那一天，除我之外，奶奶所有的孩子，围在病床前，或近或远，静静地瞻望着躺在三尺床上的奶奶，庄严而木然。那天，奶奶特别精神。她环顾四周，扫过床前雕像般的每个人，动了一下干裂的嘴唇，吃力地发出一个音——妹。

爸爸告诉她：“小妹在福州学习，已经在回来的路上了。”

原来奶奶在找我。也许，她一直把我当成她那个夭折的女儿，也希望我能像她的女儿一样孝顺她，可我竟不能与她见最后一面。

奶奶的眼神瞬间黯淡下去。不久，闭上眼睛，安详地走了。家里顿时沸腾了，号啕声、呜咽声、抽泣声……

小叔叔扑向僵卧在床的奶奶胸前，抓住奶奶的肩膀，摇晃着，恨不得把奶奶唤醒，声嘶力竭地痛哭："娘，我对不起你！"脸上挂满鼻涕和眼泪的小叔叔，就如胶在奶奶身上，大家如何也拉不开他。

一场声势浩大地哭丧，热闹而悲怆。奶奶遗体前，人来人往，哭丧声此起彼伏，三天不间断。唯有一个人，一直静静地，守着奶奶的遗体，不哭一句，也不掉一滴眼泪，他是爷爷。

奶奶入殓那刻，全场爆出昏天黑地的哭声。智智公公不知道何时，出现在奶奶的灵柩边，默默地擦拭着眼泪。半年后，智智公公也去世了。

奶奶的葬礼空前的盛大，送葬队伍浩浩荡荡，绵延好几里，鞭炮锣鼓声，响彻云霄，哭声悲恸鼎沸。乡亲们纷纷赞叹："汤氏真是有福之人呀！一家人齐齐全全地送她回家！”葬礼有多风光，奶奶生前缔造她的国，就有多艰难。

奶奶一生追寻的梦，也随着葬礼的各种热闹渐渐消散。谁能知道，追随奶奶一生的，却是深藏于内心的、被遗弃的恐惧！

唯愿奶奶来世有一个父母疼爱的家！

纸艺里的傣乡

曾庆芳

不知从什么时候起，喜欢上了这种手感粗糙、颜色泛黄的手工棉纸。

喜欢笔尖在纸上划动时的涩涩质感，颜料在纸上慢慢晕染开的过程，冯骥才先生所谓的“纸很性感”，说的就是这样的纸吧。

对准阳光，隐隐看到纸张内部的絮状纤维，薄得能透出光线，轻触上面凸起的脉络，仿佛触摸到了树的前生。从树皮衍变为纸，这是一个漫长的生长和孕育，需要烦琐的手工劳作和足够的耐心，缓慢的成长使它能安然成型，也让它具有了漫长岁月里难以变化的品质。

被称作“芒团纸”，是因为它诞生在一个遥远的被称为“芒团”的傣族村寨。

芒团位于临沧市耿马县孟定镇东北约6000米外。孟定位于云南省西南部，和缅甸山水相连。

孟定，傣语的意思是“会弹琴的坝子”。这是一个富有魔力的地方，到处是明晃晃的阳光，亚热带气候使这儿所有的一切都异常丰茂。铺天盖地的绿色，仿佛可以吞没一切。

诡异茂密的植物。恣意忘形的妖娆花朵。如热带鱼般游弋在胶林间的小卜少。南汀河不息的水流。吱呀作响摇摇晃晃的竹桥。黄昏，河里沐浴的傣家女、河边嬉戏的儿童。落日在河面留下点点碎金。大群的白鹭掠过田野，飞向天边……仿若是爱丽丝梦游仙境里的奇幻世界，优美得如同梦境。

错过了傣乡孟定，很难想象错过了怎样的风景。

诗人晓雪在诗中说道：傣乡有三姐妹 / 大姐是西双版纳 / 二姐是德宏 / 待字闺中的小妹是孟定……说的是同为傣乡的西双版纳和德宏已是人声鼎沸的旅游热线，而孟定仍鲜为人知。这里安详自在，与世无争。寺庙，人家，鸟语花香，彼此交融。土地、河流、树林、梦境，浑然一体。

芒团寨，只是孟定的一个符号，一个标本而已。

芒团村寨隐在竹林和菩提树的怀抱中。南拉河穿越村寨而过，正是这幽美的环境和清澈的溪水，滋养了芒团寨人灵巧的双手和爱美的情怀，也为芒团寨人造纸提供了得天独厚的条件。

在河边，栽着造纸必需的原料——构树。

构树即楮树，在古籍里又称毂树。它们在阳光下生长茂盛，在风中轻轻款摆。人言“树怕剥皮”，构树的存在仿佛是对这句话的一个颠覆。他们每年七八月间砍枝一次，用来取皮，第二年枝条会发得更好。

砍下来的构树枝条，削开一个口子，从根部用力拉扯，树皮就会完整地脱落下来，剥下来的树皮需晾晒干燥以防霉变。

晒干后的构树皮会放到河水里去浸泡，一直泡到树皮完全变软。用河水浸泡自有其乾坤，流动的水使皮料不会因水泡而腐烂，冲走其腐质。在其干湿变化中，纤维会反反复复润胀和收缩，其耐折度会与日俱增。

拌灰是用筛子将烧过的火灰过筛，去掉炭精和杂质，把火灰均匀地撒在泡软的构树皮上，火灰的碱性越强，出纸的颜色就越白。

石灶里，烟火弥漫，水雾蒸腾，一口大铁锅里皮坯正在进行深度“桑拿”。空气中游动着构皮被蒸煮后散发出的青涩味儿。此后，再拌灰，再蒸煮，再洗涤，方能进入下一步捣浆工序。

捣浆的工具都是普普通通的木槌、石礅。传统的舂捣工艺自有其智慧，木质原料和手工操作，可以把韧皮纤维最大限度地“打散”却不“打断”，这样，浇出来的纸柔韧耐折。

在木槌的力度下，树皮的纤维松懈下来，化成丝丝缕缕的线状纠缠。渐渐，它彻底隐没在没有织就的屏障之后，去经历秘而不宣的变形。

浇纸是手工纸制造中最为精妙的环节之一。纸张的厚薄是否均匀，全在浇纸的人手上功夫。浇纸时，先在水池中加入足量的清水，再将帘平放其中，水对帘框的浮力，会使帘浮在水面上。将适量纸浆倒在帘上，搅动后，让纸浆均匀地分布于帘面，并拣去其中的渣子，再用小木棍均匀拍打，等纸浆完全沉淀在细纱布上，每张纸帘每次只能造一张纸。

晒纸时不能淋雨，纸晒到七成左右就要“砑光”，拿一个边缘光滑的瓷碗扣在纸面上轻轻打磨，让纸面更加光滑。

最后一步是揭纸，在晒干的纸边上，掀开一个角，然后用光滑的木刀小心地揭下来。一张纸开始安静地承载世间所有的悲喜。

在这里，我们目睹魔法，看到了一张张纸如何在时间之流里蜕化成形。神奇之物，常常出自平凡之手吧？在那一个世界里，这些平凡的傣家女人，经由她们这一次次烦琐的手工劳作，让它们复活，给它们生命。院落里，支着一排排的竹帘，纸纤维吸着阳光和空气，释放着淡淡的植物味道，那一刻，让我感觉有些奇妙，它们在阳光下生长，经过碱料的浸泡，木槌的舂捣，铁锅的蒸煮，河水的漂洗，竹帘的晾晒，一张张被揭下……一张纸，不管是小是大，在这里都是独一无二的制品，当你终于领略了傣乡的风物，解读了芒团纸的制作工艺，你才能叩响古老纸艺的门环。

在芒团，每一户都是一个手工造纸的小作坊。构皮纸的制作并非什么独家秘籍，只是愿做不愿做而已。芒团纸的造纸工艺是家传技术，传女不传男。在整个生产过程里男人除了承担采料购料外，其他工序都由妇女来完成。

构皮纸，古法造纸的一种，据称制作构皮纸的手艺源自两千多年前的蔡伦，而构皮纸真正成型是在唐朝，所以，构皮纸又被称为“唐朝飘来的暗香”。虽然目前无法判断芒团造纸起源的具体年代，但从其生产工具及工艺流程，整个生产过程与蔡伦所述造纸法如出一辙，所以，芒团的造纸技艺被人称之为我国原始造纸工艺的“活化石”。

芒团为什么会成为专门造纸的村寨沿袭至今呢？这与当年的土司制度的建立有关。而南传上座部佛教传入后信众的普及，更是促生了造纸的薪火相传。当年土司辖区专门设一个生产土纸的村寨，除了供用宗教、民俗用纸外，还用于土司衙署的公文用纸。可见，芒团纸的形成与傣乡血脉相连。

做好的纸，用来捆扎钞票、包装茶叶、泼墨丹青、制作佛寺纸塔、抄写经文等。

芒团纸坚韧洁白，柔软光滑，久存不陈，力撕不破的品质，是芒团的女人们赋予的。

她们与一张张纸曾肌肤相亲，那上面有她们的汗液、念想、时光……与生俱来的，它们携带着芒团的胎记，即使撕成了碎片，也容易辨认出来。

实际上，一张手工纸的售价与它们所要耗费的时间精力并不成正比，小的纸 49 厘米 ×（49.5–5）厘米 /0.5 元，大的纸 76 厘米 ×（65–5）厘米 /1 元，均摊到每张纸上的价格让外人看来实在不划算。但于那些制纸的女人而言，当看见自己辛苦制成的纸为人所用，会是一脸的欣欣然吧。

村寨里有座不算大的寺，寺里的长老正在抄写经书。笔尖划过纸页，像蚕在吞食蚕叶发出沙沙的声音。

午后，阳光暴烈，琉璃瓦闪闪发光，好像要被太阳晒化。透过墨绿的树冠，看到傣乡蓝得透彻的天。有傣家小卜少挑着竹箩在绿野间掠过。有人家里又传来捶打纸浆的嘭嘭声音，应和着哗哗的水流。古老的大地静谧安详，这是美丽的傣乡——芒团。

大山的守望者

宁红瑛

我到过一个叫色米依的地方，在中国云南，东山镇朝阳村，朝阳村下面一个最小的自然村落。

从宣威开车出发，车停田坝镇红岩村。徒步过赤那河，河上有桥，叫工农大桥。左桥墩上写着“农业学大寨”，右桥墩上写着“工业学大庆”，字体刚劲，字迹斑驳，桥墩如两位年事已高的老人，满脸透着岁月的沧桑，端坐时间罅隙处，佐证那段久远的历史。

沿山路前行，沿沟壑上行，有一个叫色米依的村子。村子位于朝阳村的南面，是朝阳村其中一个村民小组，与田坝米田村一水之隔，此隔有天堑之分，鸿沟之宽，隔之为赤那河，属革香河支流，两岸陡峭，沟深，雾浓。

色米依住着四十八户人家，四十八户都姓江，同属一个祖先。据说他们的祖先曾经从很远的城里，一个叫柳林的地方迁徙而来。东山属乌蒙山系，色米依海拔 2100 多米，山高坡陡，乱石遍布于山野，当年不通路。

色米依的祖先们为何择此而居？石头缝里难长庄稼是每一个庄稼人都懂得的道理，就连转山徒步人找一个歇脚的地方，那也得选个平稳舒适的位置。除了战乱和逃难，会有什么理由让色米依江家的祖先迁徙到这呢？

“色米依”是彝语音译，而村里四十八户人家都是汉族，为什么要叫色米依呢？我俯身问路旁的大爷，大爷咧嘴笑着：“就叫色米依呀，一直都这样叫。”远处的雾霭飘向更远处，近处的烟火升了起来。莽莽东山林，静静赤那水，色米依的来历与秘密，像此时山峦间飘着的密雾，隐于历史烟尘。

任何艰难险阻都挡不住生命蓬勃向上，大棵大棵的白菜从色米依的石头缝里长了出来。还有核桃树，板栗树，各种树，立于山石之间，散落村庄周围，有的几十年，有的上百年。这些果树堪称色米依的经济作物，在不通路的年代，为了换点盐巴钱，得走上几个小时的山道才能到达附近的赤那河或是马场集镇。

从色米依村到朝阳村要经过很多座山很多道梁。山高路陡、交通闭塞是色米依祖祖辈辈贫困的主要根源。挂包单位档案局的同志们自2015年驻村帮扶到现在，常驻、暂住、抽空就来，宣政策、说道理、想办法、找路子、寻根子……这是一项艰巨的任务，这是一个庞大的工程。每一道山，每一条梁都留下他们的足迹。

送去一条被，点亮一盏灯，或者，什么都没做，就是来看看、来走走。就像今天我们跟着档案局的同志一起来，看乡亲和山水，还有色米依小学，小学里的老师和留守的孩子。档案局的同志们带着我们走进需要帮扶的每一家，每一户。各家的贫困境况都不尽相同，老、弱、病、残、鳏、寡，让人心疼心酸。

“扶贫先扶智，扶智得从娃娃抓起，别人提供的光亮可能会照亮一时，但任何人都无法永远依赖别人前行。”挂包同志说。

沿着石阶往上走，远远就看见色米依小学，位于两个自然村之间，这是目前宣威仅存的唯一一所“一师一校”教学点。

两间水泥砖混筑的房子，房子不大，更像一户农家院落。左边一间为教室，教室有讲台、黑板、课桌、教具，墙角的桌椅上还摆着几个大南瓜和晒粮食的簸箕。右边一间稍小，有隔断，里间是一张临时休息的简易床铺，床铺旁边的墙上挂着教具、草药，也有各种零杂，种子用塑料袋装着，草药连根散挂着，三角尺很大，挂在最醒目处。隔断外间有一张用水泥堆砌而成的石墩，上面放一块方方正正的瓷砖，算是学生的小饭桌，饭桌旁边是柴火灶，今天周末，学生娃没来。

斜斜的阳光从窗玻璃有裂缝的间隙里照进来，我见到了这个学校唯一的老师、唯一的校长、唯一的校医。我从他清澈干净的眼睛里确定这是一个知识分子，从他衣裤和鞋面上的尘土判定他是一个地道的山民。他拘谨而害羞地来回搓着双手，回答我们七嘴八舌的问题，当说到老伴，说到年轻时候和老伴相亲的场景，江老师脸唰一下红了，像是又去相了一次亲。

色米依小学六个学生，一个老师，分三个年级复式教学。江老师是本村人，59 岁。从 16 岁当代课老师，到

18 岁成为民办教师，38 岁那年以宣威民办教师第一名的成绩考为正式教师，坚守到现在整整 43 年。除了量化的年月和数字，他没有感慨 43 年坚守的不容易；他没有说上课前得先上山寻柴火给学生做饭；他没有说为送住得远的孩子回家，雨雪天落下的那身老毛病；他没有说从色米依去朝阳村开一次教师会要走 3 小时的山道，天不亮就得出发。

乡亲们在边上替他说，他拘谨地来回搓揉着双手补充，说有一次风雪太大延迟到会，领导还表扬他。说在交通闭塞的乡村教书，学生头疼脑热是经常的事，就是通知家长也要走几个小时山道，得常备些草药。他墙上挂的草药有几味我认识，小柴胡、板蓝根、蒲公英、紫苏，都是应急的良方。

说到现在的工资待遇时他有些激动，他说他现在工资高、待遇好，有了营养餐小饭桌之后，他的老伴也有了做饭的工作。他说现在学校的环境好了，他不用在煤油灯下看书批改作业，多媒体教学设备都赶上城里学校了……他的脸微微有些泛红，他发自内心地说着，政策的实惠，扶贫的好处。说到电子白板，他的眼睛里闪烁着异样的光芒，像山林间的晨光，投射到绿色的叶片上，难掩无边的喜悦。

前些年，有点门道的村里人都往外走，和江老师同辈的，江老师的学生，学生的孩子，他们出去打工赚钱或读书，有的发了财、做了官，有的考上了好的学校，有的在外面混不好，又把孩子送回来跟着父母。山里穷，山里人的目光有限，山里的教育资源也有限，江老师理解那些为生计、为求学而走出去的村里人，同时也遗憾那些年快走空了的村庄。

江老师说起他那些有出息的学生，马上容光焕发，两手不再拘谨揉搓，而是挽起来托住膝盖，望向远方。我们问江老师这 43 年来有没有想过调走或出去发财，他说没有想过，总要有人带这些孩子，空房空地可以，不能空了孩子，村子不能都空了。

我们再问江老师退休了去不去城里住，他说没有想过。现在色米依有了通向外面的路，不管从这条路去城里，还是沿山道从朝阳村再去城里，一天就可以来回，很方便。村村通路，家家通电，蔬菜比城里新鲜，空气比城里好，外出的村里人也都陆续回来种药材盖房子，现在村子开始有热气了，江老师欣慰地看着房顶渐次升起的炊烟。

中国有很多像色米依一样的村庄，曾一度失去活力，老在了岁月里。扶贫的号角像一声春雷，惠民的政策如一缕春风，唤醒了沉睡中的色米依和色米依的山山水水、土地和作物。很多像档案局一样的信使，他们带着信息和工具，跋山涉水而来，正慢慢修复，渐渐还原着村庄的生机。

当和我们同来的孩子阳阳从包里拿出课外书，递给江老师让他转交给学生们的时候，江老师的眼眶湿润了，嘴唇哆嗦着没有说话，双手来回搓揉着，没有立即去接，最后他深深地给孩子鞠了一躬，才颤颤巍巍地接过书本。这个背着课外书走十几里山路的小男孩，眼眶里噙满幸福的泪花。我们感动于此时此刻，此情此景。

我们一定要坐进学生们的课桌，当一回江老师的学生，老师讲什么都可以。江老师连连说："那怎么行，那怎么行！”又开始手足无措地来回搓手。直到我们的歌声响起，江老师才放松下来和我们一起唱着：“五星红旗迎风飘扬……歌唱我们亲爱的祖国，从今走向繁荣富强……宽广美丽的土地，是我们亲爱的家乡……”

我们离开时已是正午，耕犁过的土地上冰雪未消，高海拔的色米依依然春寒料峭。羊从圈里探头打量我们，我们也伸手去抚摸它们，它们继而低头啃干草，我们继续往朝阳村方向沿山路前行。

江老师送出来很远，他的手哆嗦着一定要我们收下那捧核桃，我们没有接，他显得非常激动，涨红的脸颊在阳光下呈古铜色。江老师是大山和孩子们的，他没有想过要走出大山，离开孩子，但我从江老师眼里看出了孤单，那是长期与深山、石块、星月为伴，灵魂的孤独。孤独是一种高度，那里空无一人。

我们走出很远，上了山坡，他还站在那里，像几十年来站在讲台，像在给他的学生们送行。他就那样站着，像色米依的山，像色米依的树，像色米依的石块，深植于这片土地。

剩下的时光是自己的

许冬林

多年前，我的新浪博客昵称是“紫薇花对紫微郎”。那时，我喜欢白居易的一首诗《紫薇花》：“丝纶阁下文书静，钟鼓楼中刻漏长。独坐黄昏谁是伴？紫薇花对紫微郎。”我喜欢这首诗是因为诗里描述的时光是舒缓而清寂的，即使有那么一点落寞，这落寞刚好可以养一养从繁杂俗务里释放出来的心。

这应是一段黄昏下班之前的时光，悠然闲静，像水墨画里的萧萧竹林，可透清风。想想白居易，一个人在丝纶阁里值班，当的是写文章的差使，此刻，没有文章可写了，也没有公家的人来来往往，只有钟鼓楼上刻漏的水滴声悠悠长长地传来，清音远扬，黄昏似乎也被这水滴声拉得悠悠长长。

此刻，忙完公差，剩下来的这段时光是自己的。不被占用，不被打扰。独坐黄昏里，看庭中一棵紫薇花在风中洋洋洒洒地盛开。一个人，一树花，同在这寂然的光阴里，默然相对，像时光的一处留白。

我喜欢下班之前的那段时光，太阳斜斜的，光焰钝下来，性急的人已经提前离去，办公室里只有自己一个人。茶水已经喝淡，茶叶静卧杯底，这时你会觉得桌上的花是只开给自己看的，静寂的空气也是只属于自己一人的。走廊里没有人声，隔壁也没有人来走动，独守一个房间像掌管一个国度。如果窗外下雨，此刻听到的便只有雨声，一个人的雨声。如果窗外下雪，此刻也是一个人站在窗边，看满世界笼在纷纷扬扬的雪花里。这样的时光，像一条奔腾的大河行至宽广的下游，泥沙慢慢沉淀，河水开始澄澈透明，不起波澜。

我们一路匆匆，少年时忙求学，青年时忙恋爱结婚，中年时忙一家老小的生计……时光就这样被我们贪婪地填了又填，塞了又塞。我们像笨拙的画者，一落笔，就心急，总是画得太满，太密。其实，我们要有一段只属于自己的时光，在喧嚣之后留给自己一座沉静的岛屿，在盛放之后留给自己一朵悄然绽放在月色里的闲花，在跋涉大半生的光阴与坎坷之后留给自己一片闲云和山水。

一个画家朋友，在单位也是领导，可是，忽一日，听说他断然自揭了头顶乌纱，仿佛清风里的杨柳，洒然回家。再也不用朝九晚五地奔忙了，回家做自己，在书案前做一个纯粹的画者。现在，他可以开着车，带上爱人，带上养了多年的两只猫，带上一卷宣纸，随时出发，随意停留。

剩下的时光，归属自己。曾经他也像白居易，在公家当差，现在提前撤退，趁自己还跑得动，看看流水，晒晒太阳，喝喝新茶，春日迟迟起……时光终于可以完完全全由自己支配。

以前，我的新书出来，多多少少总会在报纸杂志上发布出书信息，王婆卖瓜，吆喝几声。现在，心意淡了。去年，散文集出版，只是在自己的新浪微博和微信朋友圈里公告了一下，不再哗众宣传。因为觉得，一本书出版后，属于自己的事情已经完结，它是被冷遇或被热捧，都已与我无关。一本书完成后，我算是对过去的那段时光交代完毕，剩下的时光就是我自己的了。我像一个种植庄稼的老人，到了秋天，只遥看大地秋色，在田野之外看孩子们去收割。不只是一本书，有时就是一篇小文章，写完后，我也总想自己一个人待一会儿，像沉在水底的卵石，不想被马上捞出。

想起少年时上学路过的深秋田野。那时，稻子收过，田野一派空旷，三三两两的麻雀放低翅膀，在杂草间寻觅遗落在地的稻谷。那些麻雀们，再也不用像小偷一样，它们已经可以从容悠然地啄食那些谷粒。剩下的稻子是它们的，剩下的田野是他们的，剩下的天空是它们的。没有人来吆喝着驱赶，连稻草人也被放倒在田沟里歇息去了。

还记得，最美的是下雪之后的田野，广袤，平坦，洁白，连麻雀们也不来了。那时，我看着江北平原上无边无际的雪，看着田野安然在白雪之下，我的脚步总不忍心去冒犯打扰。那时，田野就是只属于田野自己的，无边的寂静，无上的庄严。

在一天的黄昏，在一年的初冬，在一生的垂暮之前，要有一段时光，可以屏退所有的来客，关起门来，取悦一回自己。只取悦自己。在清浅的时光中，把自己放牧成独一无二的女王。

家访惊魂（外两篇）

李妍

这件小事发生在几年前，我教三年级（3）班的语文。多年的从教习惯使我把自己的全部心血都倾注在了孩子们的身上，毫无保留地向他们传授着知识。而一视同仁，不放弃每一个学生，也成了我思想中根深蒂固的观念。岁月静好，现世安稳，时光的长河就这样静静地流淌，默默地散发着馨香。开学不久，我就发现班上一个叫小天的孩子的异样：注意力不集中，爱做小动作，脸色越来越苍白，作业不是乱涂乱画，就是干脆一字不写……

我赶紧打电话和他的家长联系，才明白了事情的原委：原来由于家贫，父母外出打工，经常不回家，无人看管的孩子便成了脱缰的野马，任性妄为。当然也很可怜，别的孩子吃着父母做的香喷喷、热乎乎的饭菜时，他却只能孤独地吃着冷冰冰的食物！对于一个八九岁的孩子来说，能够独自上学，安全回家已是很了不起了，再要他遵守纪律，按时完成作业，简直是天方夜谭。我多次和孩子讲道理，让他把心放在学习上，可收效甚微，我决定去他家看看，再对症下药。

那是一个秋末冬初的夜晚，吃过晚饭，我得知小天的父母都在家，便骑上电动摩托车踏上了去他家的路。他家在山里，夜幕悄悄降临，寂静的草丛中传来几声虫鸣；皎洁的月光如无声的魔法棒，为大地悄悄地披上了一件银衣；路边的池塘在月光的映照下泛着点点银光。水清、月明、虫鸣、风轻、夜静，似乎在为这流泻的月光勾勒一幅夜的画卷，谱写一曲夜的奏鸣。

一路上，我憧憬着：一定要想办法说服小天的父母，让他们至少留一个在家陪伴孩子，而小天也将改掉坏习惯，成为一个乖孩子……然而，理想很丰满，现实却很骨感。我做梦都没有想到，我这一去，竟被死神撞了一下腰，差点就踏上了不归路。

那一晚，我和小天的父母做了推心置腹的交流，他们也表示要加强对孩子的教育。辅导孩子温习完功课后，我离开了他家。也许是急着回家接我读高中的儿子，也许是路不熟悉的缘故，意外就这样猝不及防地发生了。王家门前有一条臭水沟，沟边长满了荆棘，地面到水底的距离五六米，里面的东西脏得难以形容，老远就能闻到一股难闻的气味，而骑着摩托的我就这样连人带摩托直直地栽了进去。当时，毫无防备的我大脑一片空白，只有一个念头：我命休矣！

很快的，我落水的声响惊动了小天的父母和邻居，他们合力把我拉上了岸。瑟瑟发抖、臭气熏天的我急需洗去一身脏污，可王家没有浴室，还是热情善良的邻居伸出了援手，让我到他们家去沐浴。

待我处理妥当，他们也把我的摩托弄上来了，谢天谢地，我除了一点皮外伤，安然无恙，摩托也完整无缺。小天的父母坚持要带我去医院检查，我毫不犹豫地拒绝了，为让他们安心，我信誓旦旦地保证：除了怎么也洗不掉的臭味之外，并无不适之处。其实，我全身又麻又痒又酸又疼，洗澡时，我还发现身上又青又肿，有的地方还被荆棘划破了皮，渗出点点血丝，可看到他们担心的样子，我当着邻居的面安慰他们："你们就把心稳稳地放到肚里吧，我没事的。"

临走时，我让他们替我保密，毕竟掉到堪比厕所的臭水沟里实在不是什么光彩的事情。虽距离死神曾那么近，但到底有惊无险，小小惊魂，实无记住的必要，忘掉是最佳的选择。

有喜有忧，有笑有泪，有酸有甜，有惊魂，有感动，这便是生活的原味。

走过生命的冬天

山一程，水一程。年复一年，我们总在人生的旅途中，追寻着某些或熟悉或陌生、或留恋或欲忘的时光。寒冷的日子里，偶尔驻足回首，总会有一丝惆怅萦绕心头。总在回味，过去的日子里，来了些什么，又走了些什么；和谁擦肩而过，和谁渐行渐远？

我爱冬，不为什么，就为了让那一朵朵素白纯净的天地精灵染白我的盆栽，染白我的发丝，染白我的心灵与笔墨。裹一袭素衫，修一颗柔心，做一场春梦，伴雪而歌，踏雪而舞。风漫卷着雪花洒下的思念，轻轻柔柔，氤氲在消逝的流年中。如醉如痴，如诗如画。美丽了情怀，温润了岁月。在冬天的凉雾里，在纷扬的雪花中，在会泽这个古韵悠悠、古色古香的古宅民居里，搬几把椅子，约三五好友，沏一壶香茗，聊一些趣闻，看树叶静默，赏飞花碎玉，即使不写不唱，仍然可以听见季节的情愫，簪在未醒的诗中，飘进前世的忘川河里。

“春有百花秋有月，夏有凉风冬有雪。”在人生的道路上，没有人能够一帆风顺，总有风急雨密的时候，总有白雪皑皑看不清前路的时候，也有那些山重水复疑无路，甚至是绝望的时刻。我们究竟该如何看待这生命里的冬天呢？当我们遭遇人生的滑铁卢时，该怎样坦然相待？前段日子，我不慎右脚骨折，静养无聊时，我总是这样开导自己：骨折了，那是老天有意怜悯我太过忙碌，正好趁此机会看看书，充实充实，就算达不到“腹有诗书气自华”的程度，也能从《诗经》风雅颂、屈子的《归去来兮辞》、《唐诗三百首》等经典好文中陶冶一下情操，时间会冲淡一切，没有过不去的坎。现在想来，其实这也是一种生命的体验。在体验病痛的过程中，我也体验了对生命的敬畏，这是另外一种别具特色的壮美。

太史令司马迁在遭受宫刑之后，没有含恨自杀，没有一蹶不振，也没有乱掉方寸，而是忍受着非人的屈辱，潜下心来撰写《史记》。他在《报任安书》中说，之所以隐忍苟活，挣扎偷生，实在是因为内心的理想没有得到实现，怕就这样死去，自己的文采和抱负不能实现。他在孤寂而寒冷的冬天，以文王、孔子、屈原、孙膑等人身心受创之时发愤而作的事迹来激励自己，从而创作出了皇皇巨著《史记》。“虽万被戮，岂有悔哉？”多么自信！多么铿锵有力的话语！多么强大的内心世界！可见，苦难可以毁灭一个人，也可以成就一个人。

四季轮回，时光变迁，芸芸众生中，愿寒于身，有衣物相抵；寒于心，能以淡然取暖，以孙膑、太史公等为鉴，笑对花开！

只愿岁月送爱回

许是年龄渐长之故，近段时间，我经常梦回故乡。梦境里出现得最多的就是老家的树。

老家树很多，房前是树，屋后是树，山上是树，田间地头还是树。伴随着郁郁葱葱的树长大的我们，最爱玩的游戏便是爬树。记忆中孩提时的我像鸟儿一样站在这棵树上，轻轻一荡，便飞到了另外一棵树上，动作优美，身姿轻盈得简直就是可爱的鸟。树多柴也多，放学后我们便三五成群地约着一起到山上打柴，一会儿便找满了一筐，然后便哼着不成调的山歌回到家。现在想想都会美得笑出声来。

秋天，收获的季节，农家的果园最是纯天然，在果园里饱餐后，我们便回到家里等待着品尝母亲做的香喷喷的玉米饭。

做玉米饭的工序是复杂的：先要将颗粒饱满的玉米粒用石磨慢慢碾碎。推磨是我最爱干的事儿，而母亲也乐意带着我去干。我坐在石磨这一端，母亲坐另外一端。在石磨“吱呜吱呜”的欢叫声中，细滑的面糊、面粉一点点地流出来，比米粒还要小；然后用筛子把粗糙的玉米皮筛出来；再把精挑细选的玉米粒放在蒸笼里蒸，直至蒸熟。盛到碗里后，母亲会让我们撒点葱花增加味道，夹杂着细碎的葱花的黄色玉米饭盛在白色的瓷碗里，成了我童年认知里最美味的东西。

追逐着光阴的脚步，我慢慢长大，也体会到了母亲的辛苦。看着母亲日渐衰老的面容，我暗暗愧疚，总想着要力所能及地为母亲分担一些，不要让她太过劳累。然“子欲养而亲不待”，我还来不及让母亲过上好日子，母亲便永远地离开了我们。

生命总是有不能承受之重！母亲见背时的情景是我心中最深最重的痛！每每忆起，悲戚难抑！那天，我们刚好期末考试，毫无预兆地，姐姐打电话告诉我妈妈快不行了，让我赶紧去。怎么可能？昨晚我还和妈妈在一起聊天的。到底谁在开玩笑？仅仅一夜，一切都变了样！妈妈为何就不行啦？犹似听到晴天霹雳的我跌跌撞撞地跑到妈妈居住的小屋，只见妈妈静静地躺在地上，闭着双眼，面容慈祥，睡着了一般。泪眼模糊中，急救医生来了，检查结果是“脑溢血”，并且遗憾地告诉我们已无抢救的必要，因为早已脑死亡！可我们怎能眼睁睁地看着还有心跳的妈妈独自去赴瑶池会、独自去过奈何桥呢？哪怕有万分之一的希望我们也要做百分之百的努力。就这样，妈妈做了开颅手术，我守在病床前，看着从妈妈脑袋里抽出来的大袋大袋殷红的鲜血，紧张地抓住妈妈的手，一遍遍地低喃："妈妈，你醒醒！你动动眼皮吧！答应我一声好不好？"可回应我的依然是虚空，依然是静默。夜里，我和姐姐陪着妈妈坐在重症监护室里，四周很近，只有我们的心跳声伴着机器"滴滴答答"的声音，我不时地摸摸妈妈手上的脉搏，还好，脉搏正常，心跳依然有力！也许妈妈是太累了！她想静静地睡两天，然后就醒过来和我们谈笑风生了！我们就在这样美好的希冀中静默着、期盼着、相顾无言着……

希望在消退，失望在蔓延。几天后，妈妈毫无留恋地走了，没有留下只言片语，唯有永无止境的思念。

企盼岁月送爱回，如有来生，我决不让自己后悔。

行走的泥土

林延军

村庄的日暮，在袅袅的炊烟中缓缓走来，悠长而绵延。而散落一地的泥土，它又以低垂沉默的姿态，或躺在乡村阡陌，或在田地里呼吸。

清晨的安谧，总是被乡亲摆弄农具的声音破坏。男人将洒水喷雾器挂在背上，女人将畚箕的绳子绕两圈挂在扁担的两头，天还没亮，他们沿着乡村阡陌，沿着蜿蜒的田埂，尤其是下地的路上，悬挂畚箕的绳子随着行走的节奏发出“咿呀、咿呀”的声响，这是村庄一天最动人的音乐。生长在田地里的生菜纷纷仰起头，任水花从喷雾器里喷出来，尽情地吮吸甘露。此刻，田地上的泥土被浇醒，睁开惺忪的睡眼。

在菜地收割后准备送往市场售卖的生菜，叶片硕大而簇生，宛如翡翠碧玉。为了卖个好价钱，生菜从离开菜地到装进菜篮，像襁褓中的婴儿被菜农细心呵护。用扁担挑菜篮，男人力气大，一个劲儿朝小镇的市场径直而走，直至在市场“上市”，菜篮还粘着泥巴。叫卖是女人所擅长的，吆喝声如清晨的交响乐，直至生菜进入百姓的餐桌。每一棵生菜都笑容满面，每一棵生菜都汲取泥地的营养，每一棵生菜的跋涉都是为了抵达，每一棵生菜都沾着泥土的芳香。

庄稼人卖完生菜，抖一抖畚箕上的泥土，再将卖菜换来的钱，买些瘦肉和生活用品，再买几个新鲜出炉散发着烟气的面包，放在菜篮里一路哼着小曲儿，满载而归，此刻，正好是上午八九点。小孩儿则坐在瓦屋下的门槛石，等待着父母的手信。此时的菜篮，大人的双脚，扁担的两头，依旧沾着碎泥，像油画的颜料，在扁担上泼洒了几块厚重的胎记。

在乡村，三五玩伴在一起，便可找来泥块“垒土瓮”焗番薯。在粤西，因热带季风气候，盛产贫瘠的红土壤，质地黏重，易结泥块。有人搬运泥块，有人捡来干柴或竹子，有人选地。“垒土瓮”是技术活儿，通常由经验丰富的男子根据竹编鸡笼的形状垒泥窝，高度五六十厘米，整体呈塔状，前面留一个入口进柴烧火，让旺盛的火团烤烧泥块，直至通红。此时的泥块似殷红的玛瑙，个个神情紧张。随后用锄头将顶端的泥块掀开一个口，让红彤彤的泥块掉在地面，砸成粉碎，相当于铺一层烧烤过的泥块，再把准备好的番薯放进“土瓮”里，之后逐步用锄头擂碎所有泥块，让滚烫的泥块变成泥碎包裹番薯，“瓮”熟番薯。嘴馋的我们，个个都不愿离开，围住“土瓮”，又在旁烧起小火堆，或伸出双手烤火，或观星望火，或说东道西。半小时后，一阵浓郁的番薯香味从泥土的缝隙里随烟气散发出来，用锄头或小棍子从泥瓮里开挖番薯时，动作要慎微、要柔和，拨开一层层的泥土，此时挖出的番薯，掰开一个，肉质醇香，在月光下闪烁着金灿灿的光芒。小伙伴问，为什么要用泥块瓮番薯呢？另一个小伙伴答，因为这样才有泥味呀！

泥土让我记起老屋门前的一棵树。树叫什么名字，儿时的记忆早已随风吹散。只记得那棵树苗，是父亲新种下去不久，我们兄弟姐妹在树下挖蟋蟀。每天清晨，蟋蟀的洞口会被“吐”出一个小土堆，泥土呈细小的颗粒状，我们便寻“土堆”来确定蟋蟀的洞口，再用空瓶装满清水，一边挖洞口，一边朝洞口灌水，在蟋蟀冒出地面时，立马用一根棍子封住蟋蟀的洞口脊背，以断它后路。反复几遍，蟋蟀被捉住了。此时才发现，因挖蟋蟀洞口和灌水，旁边那棵树苗根部的泥土，已形成一个小水坑，积满厚厚的水。母亲还责怪我们浇灌的水太多，会把树苗淹死。谁知道几天后，树苗长出稚嫩的的幼芽，我叫母亲来看那棵树，母亲露出灿烂的微笑。

在南方，乡村的瓦屋屋檐下，是燕子筑巢引凤的好居所。从北方到南方，燕子飞入寻常百姓家，也飞到我的老屋。听村里的长辈说，谁家屋檐下有燕巢，说明这户人家心地善良。燕子作为候鸟，知时节，通人性，择地栖息。燕子不停地从外面衔来黏泥、树枝搭起燕巢，从地里到半空，泥土被赋予了一种季节变更和栖息之所的意义。

冬去春来，沉睡一冬的泥土，又被勤劳的庄稼人用犁头翻醒。从山坡到公园，从校园到街头，一棵棵树苗或种子，被粗糙或幼小的双手深情抚摸，然后在清水的缭绕下，再被泥土紧紧相拥。

某天，我双手捧起一把泥沙，泥沙又沿着指缝拼命地下滑，仿佛泥土的行走，不需要选择道路，不需要选择时间，于是，我索性张开手掌，让泥沙洒落，任风吹拂，心里默念一半敬老屋、一半敬岁月。

夜幕下散步的鱼

梁艳飞

我就这样走着，走着，不曾歇息，也不愿驻足。这样的走，多少年，也已不记得了。

一万多个日夜里，似乎有近一半的光阴都是这样数着脚印一步一步走。是的，脚步是用来数的，至少我认为。我还不想让自己还算年轻的脚步就这样迷失。我的脚步是属于我个人的，我还想真实地去记忆去回味去凭吊每一分每一秒。数，该时时倍拥小心，只为自己不被又一次的不留心而再次扎痛。而那另一半时光流转的记忆里，因有着纯粹的欢笑，清澈的眼神，和那些深深浅浅却真实充盈的脚印，那样地走，亦是坐于一艘载满童话故事飘扬着梦幻甜美味道的小帆船而行进的，是身处异域境地沿路游览观光，一路的赏心悦目，满怀的心旷神怡。只是，船终究有靠岸的一日，当这艘小帆船离河岸渐近时，这样的走也便有了归期，这样的味道也便随着船底流水而远逝，再哪般的虔诚鞠身挽留也将被无情的山风带到遥遥无边的天际。

这样前行的姿态，想来是不应称之为“走”的，而更应称之为“游”。这是游动，是游摆，如家中白色瓷缸圈养着的那尾小鱼一样地游走。走，终还有自主选择方向的自由，有主动剔除阻拦前行的那些随时出没的砂卵石藤枝蔓叶的能力和可能，至少，是一种自在的生活方式。而一尾被静养闺室的鱼，如受困的笼之鸟，看似自在地游走背后，却是坚如磐石般的透明水缸围壁。这般看似透明的摆设，犹如放置周边的无形的枷锁链，没有哪条鱼，能跳出这个坚韧的围笼，回归属于她的天地，五湖四海浩渺的烟波中。

一尾鱼的命运，如你，如我，如眼前正在行走的那些熟悉或不熟悉的人们。

心，在夜幕下，终归于沉静和祥和。暮色，自由地弥散开来，宛若一位慈祥老人顺手撒向大地的一张巨大的网。此时，我心甘情愿成为老人网中的一尾小鱼。整个夜幕，是专供如我一般的鱼儿游走的舞台。

这样的夜幕，无声地轻轻地流动着，一如心窝眼角里一池柔柔荡漾着的湖水。世间一切，有声的，无声的，有生命的，无生命的，在这融着月华的夜幕的湖水中央，拂去尘世间繁规陋俗，只需一个华丽转身，便似一尾活灵机动的鱼。这样的夜幕下，我可以如鱼一般时刻不离河湖母亲的怀抱，可以自由轻巧闲步呼吸；如鱼一样频频摇鳍摆尾，带几分得意，自信，骄傲，永远用舞蹈般的足迹欢游散步遥想。世间一切似与我无关，我可以只记得独个的自己，整个夜幕是属于我的世界；又似一切都与我相连，彼此的存在只为成全这样或那样的一尾游走的小鱼。这样的小鱼，是自由自在的，无拘无束，无牵无挂。

每个人都是一尾鱼，每一尾鱼都有一个无形的缸。这样的一尾鱼，是不能自在地散步的，只能生活在形状漂亮的各式水缸里。一尾鱼生命中的每一步，鱼鳍每一次漂亮的摇曳，带着表演的渗侵，有着欲望的宣泄，独独少了对生命快乐的诠注。那透明的水缸墙壁，是任一尾鱼漂亮游弋致命的镣铐。白天，或许，你可以忘掉不开心的事，你可以忽略自己对心灵的漠视，甚至，你还可以忘掉对尊严的践踏。却单单不能忘记，每个精彩白日的背后，一身素净的夜幕正静静地等待着你的赴约。此时的夜幕，就是一汪无际的安静温和的湖水，时时等待渺小如一尾小鱼的你的归来。

在每个这样的夜幕下，没有人窥探嘲笑你的柔弱、无知，你只管属于自己，做回一个自己，一个不需佩戴面具的真实的自己。

是的，在这样的夜幕里，安心做一尾倚着暮色、披着月色缓缓散步的小鱼吧。

姐夫

赵建平

姐夫出事的时候，我刚办好住院手续。走进病房还不到 10 分钟，在富源教书的侄女打来电话，说姐夫在昆明，冠心病发作，意外去世。

噩耗传来，那一分钟，内心又紧又疼。

几年来，舅舅病故，母亲离世，最小的姐姐，也因恶疾而离开我们。悲伤的阴影还没散去，姐夫的生死离别，又让我陷入巨大的悲痛。

谁能想到姐夫，竟然走得如此匆匆。一直以来，他的身体非常好。就在去世的前一天，姐姐说，他还在工地忙碌。

生命的故事，向前延续，却又不知终于何时。就像姐夫，来与去，即如赶赴一场前世今生的约定。赶赴的速度，总超乎我们的想象，也超乎我们的预料。

姐夫走了。文字里，我实在不愿意写到“死亡”这个词。生命的无常，既让人达观，也让人狭促。

十年之前，侄女大学毕业，分到富源。

数年之前，侄儿在云师大参加工作。

而最小的侄女，还正在昆明读着大学。

三个孩子，在姐夫和姐姐的抚育下，终成器材。其间艰辛，也只有姐姐姐夫知道。为孩子读书，他们经常赶着骡子，去贵州土城驮日常杂货，回来在乡街上摆地摊，赚取孩子的读书费用。那钱，一分一厘挣得不容易，姐夫说是脚底板赚来的血汗钱。

去土城的山路弯弯拐拐。抚育孩子上学的路，同样是弯弯拐拐。姐姐和姐夫卖完货又去驮，驮来又去卖。那些驮来的米花、炒面或作物种子，赚不了多少钱，但姐夫说凑毛赶毡。时间久了，这分分厘厘攒下来的钱，用处被姐姐和姐夫发挥到了极致，三个孩子先后被送入初中、高中，最后全送入大学。

我的姐姐没有进过学堂，算账的事，只能依靠姐夫。姐夫识文断字，坐在姐姐旁边。姐管卖，姐夫管算账收钱。再后来，开支越来越大，姐的地摊生意，支撑不了全家人的生活，姐夫就想外出赚钱。他不放心姐，就手把手教姐姐识字算账。现在，姐姐能识电话号码，能算清简单的钱财账务，这应该是姐夫的功劳。他既是姐姐的好丈夫，也是姐姐的好老师。

姐夫的原生家庭，历经几次组合。身为长子的他，自然成为家中的顶梁柱，吃了很多的苦。有一年，他们家的房子被山洪冲走，不得不选址造房，从开挖屋基到推土平场，从木材准备到采土制坯，从夯土为墙到锅碗瓢盆置办，无一不经过姐夫操劳。因为盖房子需要篮子撮箕，姐夫就砍来竹子学着编织。房子盖好，他也学会了手艺。人家说一门手艺养活一家人，可姐夫的篾匠活，既养不了家也糊不了口。有人请他编织背篓竹篮，他学不会拒绝，就连工钱都不收，姐夫说收钱就没了感情。有人说姐夫憨，有人说姐夫傻。在我看，姐夫却是不憨也不傻。因为这些，姐夫结下的人缘，在村里，是最好的一个。

我家劳力少，家里薅刨点种，大多靠姐夫。农忙时节，姐夫忙上忙下，忙里忙外，等我周末回去，农活已被姐姐和姐夫忙完。家里要翻盖猪圈，父亲把料子拉来，姐夫把石料沙子背回家，转身又请人帮着把猪圈盖好。父母不能劳动的时候，家里的部分土地，就交给了姐夫。有姐夫在家，我们少操了很多心。

父亲是急性子人，对农活，从来不马虎，稍不满意，就会说姐夫几句。但姐夫一边听，一边做，从来没听他说过半句怨言。知道姐夫去世的消息，我在医院里打电话给父亲，“我们家的顶梁柱倒了。”接到电话的父亲说。

听到这句话，我的心一颤。原来，在父亲的心里，他早已把姐夫当作亲生的儿子。“顶梁柱”这个词，从父亲的嘴里说出，终让我读懂姐夫在父亲心里的位置。

姐夫话不多，喜欢抽自家种的老旱烟。几十年的烟龄，一说话，满嘴黄牙就露出来。他也喜欢喝酒，一喝酒，话就多，虽是慢慢悠悠，声音却比平时高。姐夫实诚，有些倔。他们刚结婚的那几年，姐夫想去学开拖拉机跑运输。这是一件大事，姐姐和父母有些担心，可姐夫一再坚持。等学会了拖拉机，他又托人从信用社贷了款，自己东挪西借也拼凑了一部分。把拖拉机买回来，姐夫高兴坏了，跟姐说，“这拖拉机买得值。”在我们村，姐夫是第一个开拖拉机跑运输的人。他能吃苦，又愿意吃苦，一年多的时间，就还清了债务。几年后，跑运输的人多，挣不了钱，姐夫变卖了拖拉机，干脆跟着别人，就跑去外面打工。

姐夫没有技术，打工单凭一身力气，当然挣不到钱。可开支却天天要，常常是算着有，却吃着无。有时辛辛苦苦一年到头，最后还拿不着工钱。空着两只手出门，却也空着两只手回来。姐安慰姐夫，说就在家边找活做，也能照应家里。那个时候，正是他们家经济最困难的时期，三个孩子都需要钱。姐夫没有办法，便到了附近的煤厂上班。挖煤炭是苦差事，亲戚朋友不待见，还冒着极大的风险。但工资高，发放又及时，这对姐夫来说，无疑是极大的诱惑。

姐夫采煤的地方，离家不远不近，有好几公里的路程。姐姐身体不好，家里犁田耙地背粪铲埂点种收割，大多要等姐夫下班回来后才能做。姐夫原来喝酒，姐姐会埋怨，说饮酒伤身。可从姐夫去煤厂上班后，姐姐就再没埋怨过。每次去看他们，我劝姐夫少喝酒，姐姐却侧过头，说："就让他喝点吧，全家人都靠他，喝酒解解乏。五六十岁的人，还要挖煤炭给娃娃读书，全村哪个像你姐夫？"

姐这样说，姐夫看着姐，笑着。而我，听着姐的话，心里却不是滋味。

姐说的对，在我们老家，真没有哪一个像姐夫，拼命挣钱。一个月能赚多少呢？满打满算，姐夫说，上足班，加上五十元的满勤奖，有三四千。三四千，勉强可以应付三个孩子的费用。姐夫实在不敢闲下来。

姐夫先是在附近的煤厂上班，后来又跑去贵州，同样是当下井工人。一次矿难之后，姐夫就不再回去，再穷，说什么也不能当下井工人。

姐夫被吓着了。

别人靠手艺吃饭，姐夫靠力气养家。附近的煤厂，也出现过几桩事故，可姐夫运气好，每次都平平安安。这让姐夫高兴，说老天爷在保佑他。近两年，他的负担减轻了许多。但姐夫说什么也还要坚持去挖煤炭，他说等最小的侄女大学毕业，到时他想怎么闲就怎么闲，高兴去哪里就去哪里。说这话的时候，我想，是不是姐夫到那个时候，酒也高兴喝多少就喝多少呢。如果那样，我就陪着他，让他好好喝，直到喝出酒味，也喝出意思来。

我每次回老家去，有人说他们家的三个孩子争气，不枉姐姐的难，也不枉姐夫的苦，他们说姐姐姐夫苦得值。我不知道这个值，对姐夫来说，意味着什么。如果说值得，仅指姐姐和姐夫，靠摆地摊和挖煤炭，培养出一个大学教师和两个中学教师，这真的值得，有多少人能做得到呢？可这值得的背后，却掩藏了他们无数的辛酸和痛楚。

我的父母是典型的农民，他们的思想里，却拥有很多农民所没有的对文化的敬畏。父母身上这种宝贵的品质，深刻影响到了姐姐和姐夫。别人庸庸碌碌，他们勤勤恳恳。别人安于现状，他们在憧憬未来。别人对孩子任性放纵，他们对孩子严格要求。因为这样，姐姐和姐夫，倾其一生，让三个孩子受到了很多农村孩子没有受到的良好的文化教育。姐姐和姐夫，说不出高深的道理，书难人要学，人穷志要立，这是姐夫常跟子女说的话。他们一辈子用自己身上所表现出来的坚毅和甘于清贫的精神，给予孩子最好的培育。

挖煤炭抚育孩子读书的人，在农村，不止姐夫一个。可像姐夫那样，从宣威挖到富源，从云南挖到贵州，一挖就二三十年，在我们老家，却是绝对没有。他是我们村挖煤时间最长，年龄最大的下井工人。

我与姐夫素来亲近。前几年，母亲还在世，曾希望和姐姐姐夫一起居住，陪陪父母。可姐夫怕别人说三道四，最终没有来。看到村里家家忙着盖房子，姐夫心里也想建新房，可条件不允许。盖房子的梦，姐姐和姐夫做了多少年，最后，却一直没有实现。

姐夫离世，六十岁，刚好一个甲子。

姐夫出殡的那天，天空正下着雨，瓢泼似的大雨。

姐夫的墓，恰好就选在老房子的拐角。

老人与麻雀

高尔纯

20 世纪 80 年代，我家住在西北工业大学简陋的单元楼里，阳台不足 3 平方米，是学校房产科后来给加盖的。阳台的窗子一直没安玻璃，蒙着白色的塑料布，以挡风避雨。

我家住在三层，楼下虽不是通衢大道，但过往行人也很多。白天，我在家里备课，喜欢把阳台的门窗全关闭起来，免得受楼下人声和车声的干扰。

自从岳母来后，情形有所改变。老人嫌憋闷，清晨起来，她第一件事就是把阳台的门窗打开，让室内外空气流通，整整一天都不关闭。尽管我对此很不习惯，但岳母好像很坚持，为不扫老人的兴，我只好采取折中办法，备课时，把书房的门窗关严实，尽量减少从阳台外传来的各种噪音。

看书或写作累了，我有时也会到阳台上小憩。过去窗子被塑料布蒙着，很少留意到窗外的风景，现在，窗子打开了，生机盎然的春天一下子扑到眼前，明丽而温柔的阳光，像天使般笑嘻嘻地挤满窗口。远处，法国梧桐的叶子闪烁着晶莹的绿光，像记者们争相打开的闪光灯；近前，两只燕子正忙着在屋檐下筑巢，呢喃的燕语传达着爱情的温馨。此时我才觉得应感谢老人，是她通过阳台的窗口，给我带来了久违的春天。

岳母从北京来，一直不大适应这里的环境。在北京，她住的是四合院，街坊邻居都是她相处多年的老友，彼此见面，家长里短，无话不谈，虽是一个人生活，但不觉寂寞。在我们这里就不同了，住的是单元楼房，邻里之间，基本不相往来。一出门，到处是陌生的建筑和陌生的面孔，尽管守着我们，她心里还是有种空落落的感觉。尤其是白天，上班的上班，上学的上学，家里只剩下她孤零零一个人，连个说话的人都没有。为排遣寂寞，她主动找活干，洗衣、做饭、收拾房间，一刻也不闲着。每当我们下班或孩子放学，老远就能看到她的身影，正伫立在阳台的窗前，守望着我们一个个归来。

中午和傍晚，一家人围坐在饭桌旁，边吃边聊，是岳母一天中最开心的时刻。她喜欢热闹，不怕辛苦和忙碌，惟怕孤独。她不到三十岁与丈夫离异以后，就一个人独挑重担，拼死拼活把三个孩子拉扯大。儿女们成家立业后，她又帮着儿女们照看下一代。孙女、外孙、外孙女都是在她的看护下长大的，而等到这些小鸟羽翼丰满后，又一个个飞向父母身边，留下一座空巢由老人独守着。老人渴望儿孙满堂、全家团聚，但也明白这是永远无法实现的幻想。儿女们都有自己的工作，自己的家庭，哪能经常跟她厮守在一起呢？能常回家看看就不错了。后来，她也不要求儿女看她了，自己想谁了就到谁家去住几天。岳母这次到西安就是专程来看望我们的。

我们实在太忙了，一天中大部分时间，几乎是各忙各的。白天，我和妻忙工作，孩子忙上学；晚上，我们忙备课，孩子忙着做作业。我在大学教书，一周上两天课，在家时候多一些，可我一旦开始读书或写作，总不喜欢有人打扰，无意间冷落了老人。屋里有个人，却不能多说话，岳母不习惯，但岳母又似乎能理解，总是说：“你们尽管忙你们的，别管我，我一个大闲人，自己会照顾自己的。”

她有时想看电视，又怕影响我看书，就把音量调到最低，可她耳朵背，听不太清，就将身子凑到电视机跟前，或者干脆把电视机关掉，拿本小说来读。毕竟年纪大了，眼力又不好，读起来很吃力。

我们有两个儿子，他们出生后分别由奶奶和姥姥照看，大儿子由奶奶看大，上中学才回到我们身边；小儿子由姥姥看大，上小学二年级才来到我们身边。我们从来没带过孩子，也不太会照顾孩子，有时教育孩子，态度生硬，缺乏耐心，这让岳母很是看不惯。

每逢礼拜天和节假日，我们带岳母和孩子们去逛公园或遛商店，想让老人多散散心。老人有时跟我们一起去，有时却借口嫌累留在家里看门，实际她是想让我们多带着孩子出去玩玩，拉近关系。当我们筋疲力尽回到家时，老人早把一桌香喷喷的饭菜准备好，等着我们享用。岳母就是这样一个人，她处处为别人着想却很少顾及自己。

后来我们才知道，岳母在这里依然有孤独感，她无法融入我们的生活。我们对岳母关心、体贴得不够，吃、喝等生活琐事也很少顾及老人的心理和习惯。我们太粗心了，我们习惯了被老人关心和照顾，却不太会关心和照顾老人，也包括对孩子。

正当我们感到愧疚但不知如何安慰老人时，老人却意外地找到知音。

有一天早晨，我正在书房里备课，听岳母轻轻地敲门并喊我："小高，快来看！"我以为发生了什么紧急情况，赶忙跟她来到阳台。她示意让我放轻脚步，向窗台上看，原来是两只麻雀在"打架"！一只嘴里叼着条小毛虫，一只去争夺，这个不愿给，边吃边躲，那个却不甘心，又扑又抢。我家的窗台，成了它们争食的战场。最终那只叼虫的麻雀让步了，被另一只抢去半条，争战才罢休，后来它们一起飞走了。"这两个小东西，为争一口吃食，都翻脸了，真不值得！"岳母边观战边发议论。

我对岳母的好奇心多少有些意外，敷衍地笑着说："这有什么稀罕，不然怎么叫'人为财死，鸟为食亡'呢！"

岳母却说："北京的院子里很少见到这种情况。人们在院里吃饭、洗菜，撒落的饭粒菜叶就够它们吃的了，根本用不着抢。”岳母说得或许有理，但和我有什么关系？我对麻雀根本没兴趣。曾经，麻雀被列为“四害”之一，后又给它平反，才没绝了种，能活到今天，已是万幸了。岳母看到麻雀兴奋的样子，我实在无法理解。

第二天，岳母照例站在阳台上瞭望，手里多了一块饭团，她用手指搓碎，不停地往窗台上撒。看来，她是想给麻雀喂食。

我知道，有养鹦鹉、养画眉、养百灵、养鸽子的，很少见人养麻雀。麻雀俗称“老家贼”，向来被人所鄙夷，岳母却要像对上宾一样款待它们。

几只麻雀在对面房檐上一字儿排开，远远望着，并没有要飞过来的意思。

“它们还假装斯文呢，这些小东西！”岳母嘴里喃喃地数落着，故意躲进厨房，观察动静。

不一会儿，一只胆大的麻雀飞到窗台边，向屋里张望，甚至跳到饭粒上，但不啄食，很快飞走。它可能是那伙麻雀派来的侦察兵吧？

过了好大一阵，那只麻雀才又飞回来。这次它看看周围没有什么“埋伏”，才放心大胆地叼走一颗饭粒，匆匆飞去。紧接着，几只麻雀同时飞来，叽叽喳喳的，像进了免费的公共食堂，一起大快朵颐。

岳母看着它们，开心得像小孩儿。

我看着岳母，只觉得好笑。几只麻雀竟然带给她如此大的快乐！

从此，我家阳台的麻雀越聚越多，有时竟达二三十只。岳母兴奋地说：“好哇，西工大院里的麻雀全到咱们家聚会来了，欢迎欢迎！”

麻雀渐渐地和老人熟悉了，她在旁边也不飞走。

岳母边喂食，边小声叨念着：“别抢，别抢，谁都有份。”说着，把米团或馒头碎渣尽量撒开。麻雀们变得文雅起来，不再恶斗，开始从容地进餐。岳母喜欢京戏，她一边喂着麻雀，一边哼着京腔，仿佛在给麻雀们听。麻雀们窃窃私语，又像是给岳母唱歌。老人和麻雀，构成一幅美妙和谐的图画。

半年后，岳母回北京，临走，千嘱咐万叮咛，让我们别忘了给麻雀喂食。我和妻子当时都满口答应，但后来并没有真正实行，因为事情多，常把喂食的事给忘了。后来，我图省事，干脆把一大团米饭或蒸馍放在窗台上，让麻雀饿了自己来取。奇怪的是，麻雀好像视而不见，并不领情，几天过去，饭团和馒头依然原封不动。阳台上的麻雀也越来越少了，后来基本不再光顾，我们都很诧异。

我和妻子后来才逐渐悟到，麻雀也许和人一样，不仅需要食物，更渴望精神上的抚慰！于是，由麻雀联想到老人。年轻人不知什么叫孤独，而老年人感到了孤独却无处倾诉；粗心的儿女真正懂得理解老人，往往是自己也成了老人之后，记忆中留下的只能是永久的悔。

今年清明，我们全家到潮白陵园给岳母扫墓，看到苍松翠柏间，一群充满灵性的麻雀飞来飞去，我突然想到20年前岳母喂麻雀的那一幕，仿佛岳母正站在不远处的树荫下给麻雀们喂食，嘴里依然叨念着：“别抢，别抢，谁都有份……”

麻雀叽叽喳喳的叫声，使我和妻在悲伤中也感到些许欣慰，岳母或许在天国里不会孤独，因为，至少还有这群知音陪伴着她老人家……

十月的那几场婚礼

应红枫

我喜欢十月，所以，在十月里参加过的那几场婚礼，让我特别的记忆犹新。

1991 年 10 月，我的一位老哥结婚，他东借西凑还背了不少的债，总算把丈母娘要求的冰箱、彩电和水仙牌双缸洗衣机买整齐了，然后把单位分给他的一套 48 平方米的宿舍墙壁粉刷干净，在百货公司扯了几块天蓝色绒布当窗帘，买了一筒当时流行的塑料地毯，把两个房间简单地布置了一下，在窗子上贴了几个大红喜字，还在门框上贴了一副对联，就当作婚房了。他委托我在结婚那天给他拍摄婚礼的照片。那时候，富士彩色胶卷每卷 18 元钱，柯达彩色胶卷每卷 20 元。我问他买哪种胶卷？他思索了一会儿说，婚礼全程拍摄胶卷用量可能会比较多，还是选择富士胶卷吧，反正效果差不多，就当省几个钱算了。

老哥的婚礼本来打算在城里办，在酒店里办比较方便，也显得风光些，也更符合丈母娘的意愿。但是老哥的亲朋好友和同事、同学比较多，起码十几桌，那时酒店的婚宴，最普通的也起码 500 元一桌，再加上杂七杂八的开支，老哥搔着头皮估算了一下费用，可把他吓出一身冷汗。这一桌菜就要了老哥大半个月的工资呢，对已经负债结婚的老哥来说，实在压力不小。权衡再三，老哥决定回乡下老家办酒席。

婚礼前几天，老哥不知从哪里借来一辆翻斗式拖拉机，借了一拖拉机的凳子、桌子等用具，拉上我们几个男傧相，一起在农贸市场杀鸡宰鹅，还一起帮助把祖堂前的晒场布置成婚礼场地，忙得不亦乐乎。结婚那天，老哥又借了一辆老式桑塔纳作为婚车，把新娘从娘家接到老家。婚车里除了新郎新娘，还坐了拎火熜的媒人，我因为要跟随拍摄，很荣幸地坐在了婚车副驾驶的位置。从城里到乡下，每过一桥，媒人总会拎着火熜在桥根倒一些灰，意为“记住来路，不忘根本”，也算是一种风俗。那时的舟山海岛根本没有几辆私家车，其他参加婚礼的傧相和来客，都只能坐公交车到乡下，再走将近半小时的山路才到达老哥的老家。那天刚好下雨，把其中一个女傧相的妆容淋得“花容失色”，记忆非常深刻。

1997年10月1日，我的两位同学结婚，我自然又义不容辞地担任婚礼跟随摄影的任务。那时，他俩分别在定海城区的檀香新村和橘园新村都拥有了自己的房子，我们先去参观了其中一位同学刚装修不久的新居，这套三居室的商品房，房屋的内部设计搭配精巧，家用电器虽算不上高档，却基本齐全，是一户典型的小康家庭。我清楚地记得，以前他家住在郊区两间破旧的平房里，每逢下雨、刮风，屋内便是令人难受的潮湿或积满桌面的沙土。在那间老屋里，算得上是家具的只有两只老式的杉木箱子和一只被老鼠啃过脚垫的柜子，一张剥落了漆面的饭桌上，摆放着几碗腌鱼、咸菜之类的家常菜。身上穿的衣裤，都是卡其布之类的，由街坊邻居用缝纫机做出；孩子们的鞋子，则几乎是清一色的回力胶鞋，绑带的或不绑带。下雨天，上学时大多披一块陈旧的雨披，或者奔跑着去读书，在灰暗的天空下，如同是流动着一个灰暗的符号。

他们婚礼的场地也安排得比较体面起来，而且他们迎娶的两位新娘，又刚好都是定海金塘岛的姑娘。那时候，舟山大陆连岛大桥还没建成，岛际交通船的航班时间又和中午举行婚礼的时间衔接不上，于是，两位同学协商着合租一条小机帆船，两位新娘在风浪里颠簸了将近两小时，终于停靠在金塘岛东堠码头，接上了新娘子，他们再返回定海城区。回来时，风浪似乎有所增强，小机帆船逆流而行，海浪一浪高过一浪地盖过小机帆船的船舱，撞击在船舷上发出恐怖的“嘭、嘭”声。我那俩同学紧搂着自己的新娘，每一浪头泼来，新郎总会用自己的身体护住新娘，不断安慰新娘：“别怕，别怕！”

终于挨到了定海港码头，因为是潮水逆流，小机帆船从金塘开到定海港，足足颠簸了将近三小时，两位新娘呕吐得脸色苍白，折腾得几乎虚脱，直到新郎安排的婚车把新娘接到新房，她俩还没有缓过神来，但是吉时已到，新娘踏着寓意着传宗接代的一个个麻袋步入婚礼殿堂的时候，两只拎着婚纱的手在微微颤抖。

2016年10月，我受外甥邀请返回金塘岛参加他的婚礼。坐在外甥新买的奔驰车上，沿途的风景让我感受到了与以往完全不同的气息。车窗外掠过的，不再是破旧的民居和棚屋，泥泞的乡间小路已被平坦的水泥大道所替代，成排漂亮的各式小楼如同受阅的队伍矗立在道路两侧，列队欢迎我从远方归来。

走进外甥二楼的客厅，两块全羊毛的挂毯尤其引人注目，55英寸超大纯平彩电温馨地点缀在一片柔和的灯光中，让我感受到他们那份甜美而幸福的生活。推开居室的后窗望下去，原本荒芜的后园，已经被外甥整理成一块整齐的小园，栽种了桃子、橘子、文旦等，靠近南侧的墙边，还栽种了一架葡萄。外甥不无自豪地对我说："这是我的后花园，比起原来的荒草，今非昔比啊！"故乡金塘岛的经济发展非常迅速，螺杆产业已占据全国总量的半壁江山，集装箱码头正成为东方大港的重要一翼，物流产业蓬勃发展，新兴重点产业区块不断成型，一座更加富饶美丽的金塘岛，缓缓舒展开它的宏伟蓝图！

第二天，作为亲属代表，我跟随外甥的迎亲车队到宁波北仑去迎娶他的新娘时，车子驶过舟山跨海大桥，更让我感受到了一番不一样的风景：舟山跨海大桥那雄伟的斜拉索像一把巨大的箜篌，明媚的阳光正拨动着舟山群岛那空灵的音符……

那条弯弯的路

刘云宏

冰冷的雨水在我的鞋子里被温成温水，冻得我的脚掌痒痒的，使我的身子蜷缩成一小团，只看得见老师在讲台上讲个不停，根本不知道老师在讲解什么内容。我知道这是早上 6 点钟的时候那一场倾盆大雨把我的鞋子淋湿了，并且鞋子里还被塞满了红色的泥沙。雨水就是这样，随着时间的推移，从我的鞋子、裤腿到手臂再到头发，基本上占据了我身上的每一个角落。

每逢早上起来要去上学的时候，如果遇到这种情况，老母亲总会把家中用完的化肥口袋的塑料薄膜那一层剪下来以后折叠一下，然后再用剪刀或者菜刀把完好无损的塑料薄膜剪成或裁成一件像样的雨衣。母亲剪好以后先让我挎上书包，再把自制的雨衣给我披上并嘱托一句："路上注意安全！"然后，母亲再接着呼呼大睡。而我则背上书包踏上了求知的道路。

多少个岁月，我深刻地记得每逢放学回家的时候母亲脱了我的鞋子，呈现在我眼前的是一双雪白、柔嫩的小脚，它似乎完全失去了知觉一样，根本看不见一点血色。记忆里，每逢这样的时候，父亲总会在我的耳边说起：“好好学习，多读书，多做作业，不要贪玩……”我不明白父亲为何这样说，但是我知道父亲是希望我再坚持几年，等再大一点就可以去城里念书，就可以不用走这个该死的红泥巴路啦！因为到十公里以外的城里念书，就可以不需要每天都回家，就可以每天都拿一张饭票吃食堂里的饭，就可以见到火车、汽车、电视机等我所见不到的东西。

然而，不争气的我每次期末都会考一个被责骂的成绩。故此，父亲常说：“看来你这一辈子又要走这条弯弯的红泥巴路啦！”

是的！打心底讲，我非常厌恨红泥巴路，因为每逢大雨来临之时我的布鞋、裤子、头发都会被雨淋湿，从而坐在教室里度过了一个又一个漫长而又煎熬的岁月。

我出生于祖国滇东一带，目睹过故乡从贫穷到富有的变化。我的身上流淌着红土地的血液，红土地用她的乳汁哺育着我，滋润着我身体的每一个角落。

年幼时，家家户户都有一辆木马车或者木牛车，记忆里我家也有一辆木牛车，这辆木牛车是父亲亲手制作的。父亲在家后面的大山里找了几根结实的木头回来，然后再用斧子、锯子等工具把木头变成木料，模仿着车的样式制作出来。其实，“靠山吃山，靠水吃水”的农村就是这样，处处都是宝藏，只要你有一双发现美的眼睛和勤劳的双手就可以。这辆木牛车不知道拉了多少个年头，总之，直到进入 21 世纪，家家户户都换成铁制的车以后，父亲的这辆木牛车才退居二线。

贫寒深深地烙印在我童年的时光轴里，犹记得父亲赶着一辆牛车，走在路宽不超过 2 米的马路上，压出一条又一条的车印。其实，能够造就乡间这条最美的风景线莫过于雨天，年幼之时，父亲不知多少次在大雨来临之时还赶着木牛车去田间拉麦子、玉米，就是因为这些厚重的穗粒装载在车上，才把这一条弯弯曲曲的车印深深地印在每个农村人的脊梁上。好多次，父亲赶着木牛车，用皮鞭打老牛的记忆至今还在我的脑海中荡漾。因为时间就是每个庄稼人的希望，每快一步就能挽救更多地被大雨打湿的麦穗，然而，老母亲曾经为了抢时间，多少次在黎明前把熟睡的父亲从床上骂起来去麦穗地拉麦子，至今为止我仍然记得父母在黎明前因为不起床而吵闹的场景。

每逢倾盆大雨之时，故乡的红泥巴路总像一道亮丽的风景线诉说着它的神奇，因为它把故乡人带向了光明。乡间小路不像这宽阔的主路，因为乡间小路只要有人走，慢慢地随着岁月的流逝就形成了连接谷田与家的桥梁。然而，故乡的主路却留下了乡邻们太多太多的汗水。

年幼之时乡邻们组织过一次修路，大家扛着锄头、赶着牛车马车直奔那坑洼的泥路。男人们挖土、拉石头，女人们抬土，只为填补那些坑洼的泥巴路。奶奶总会在这个时候抱着我去看他们修补路，记忆犹新的是几个男人在那里用锤子击打一块很大的石头，然而石头却依然无动于衷，挺立在那里，最后还是一个石匠先生带领几个男人用很多个锤子才把这块坚硬无比的石头打碎。修补好的路让人感觉就像一个新生命一样充满生机、充满活力，因为农忙时节牛拉着车走在路上比较平坦，但是遇到雨季，原来修补好的路又重返曾经的模样。这条路就是这样反反复复承载着几代人的记忆和青春，把故乡人带向远方。

到了21世纪，人类进入信息技术时代，汽车、电冰箱、电视、手机等在寻常家庭犹如牛毛一样铺天盖地地出现。那时候，我以为故乡弯弯的道路将永远像这样，可是却听着街坊邻居议论着故乡某某工程大队即将开始来这里修铁路，将从谁家的门前、门后穿过并且直达某地。

然而，这一议论就是多年，那一支工程队一直没有来到故乡。直到2011年我曾经读书走过的那一条路被几个开大车的司机拉了几车沙子铺起来，并且用压路机简单的碾压一下，就是这么简单的铺沙、压路，把愁眉苦脸的街坊邻里搞得眉开眼笑，把整个乡镇搞得生机勃勃，充满活力。遗憾的是这条沙路经历两个春秋以后又变得物是人非，破败不堪，不过总比以前的红泥巴路好得多。

随着经济的发展，人们的生活质量逐渐提高，多年前故乡人议论的工程队终于来到了故乡驻扎，只不过是一支杂牌军，也就是村里修建房屋的普通工程队，几个普通的石匠用简单的工具把沙子路变成水泥路，铺上了一层水泥，把城里的公交车引进了故乡，让故乡人的生活变得越来越多姿多彩。这层厚厚的水泥也成为公路神奇的保护伞，保护着乡邻通往远方，让每个乡邻感受到了国家赋予我们的美好生活。

故乡就是这样，多少人为了生活吵闹着、努力着、奔波着、哭诉着、快乐着……我一直以为故乡能有这条水泥路就已经达到了巅峰，谁知没过一年故乡真的来了一支正牌的工程队，这支庞大的工程队真的让故乡与更多的地方连接起来，修建的公路成了一条神奇的巨龙，蜿蜒在我家后面。

那时候，我刚刚工作两年，踏上三尺讲台，老母亲打了一个电话给我，她说要去屋后帮人家提沙子，挣点零花钱！我还非常生气地和老母亲说："妈，我已经工作了，你挣的钱只要够自己用就可以了！"然而，母亲给了我一句话："你结婚我还要给你钱的……"这样的一句话让我沉默了许久，也让我真正懂得父母亲一辈子为儿为女，付出了太多太多的心血。

父母亲在这条修建的柏油路工地上一驻扎就是一个春秋，一直到修路工程队离开母亲才回到家。有一次，我回家看到了这一支庞大的工程队，我感知到日新月异的经济发展能让故乡焕然一新，这条弯弯的路也让故乡人看到了外面的世界。

多年过去了，这条弯弯的红泥巴路从沙子路到水泥路再到柏油路，把故乡的宁静变成了繁华，变成了朝气！